Adelaide

愛德蕾

為自己

勇敢追愛

這一次

enlighten & fish 亮光文化

—

我就是愛上了你，
其實又有甚麼需要懼怕呢？

從來，愛都需要努力去追尋；
從來，愛都需要勇敢去尋覓。

當我不願踏出第一步，誰也幫不了我。
從來，我都願意勇敢追愛。

我就是愛上了你，其實，又有甚麼需要驚懼呢？

從來在愛中，人心就再沒有懼怕，
因為愛，就是有一道力量，讓人勇敢追求自己心中所思所念。

其實，在追愛過程中，我是讓自己快樂了；
其實，在追愛過程中，也是愛自己的一種表現。

人心底中，總渴望愛與被愛，
當愛著一個人，我心裡，就會快樂，
如果他也愛我，我就會，更幸福。

透過九篇短小說，述說著九段不同的心路歷程：

當中有成就自己夢想的故事，
有台灣與香港之間異地戀。

當中有遊走於專業與非專業間的失落與無奈，
有不能被愛的痛。

當中有禁忌式的師生戀，
有單身生活的迷思。

當中有婚外情的困惑，
有再婚的重重考慮。

當中有不要傻傻被騙的反省，
有遠距離之愛的落寞。

然而最後我還是相信，人總會重新被愛，
一切悲傷難過，都會過去；
一切心中恐懼，都能被撫平。

我從來相信，一份心靈中的勇敢，總能讓愛被再次尋見。

愛，總見證著每一份幸福，
最後無論是得是失，起碼我對得起自己，因為我曾勇敢追愛。

我信最終，愛，一定會圍繞著我，
人生只要抹掉眼淚，就能勇敢追求自己心中最愛。

從來淚水，不一定在面上流落，
因為更多的淚，是在心裡流著；
從來心中的淚，不會被別人看見，
只有自己明白，只有自己知道。

如此，我會抹掉面上的眼淚，
並且，放下心中的悲傷。

從來忘記背後，努力面前，並不容易；
從來勇敢追尋自己心中所愛，總有恐懼；
但生命中一切的獲得，定要靠著努力。

愛，從來是讓人著迷的事，
我信一切付出，都不會白費，
只要勇敢追尋，定必最終無悔。

contents

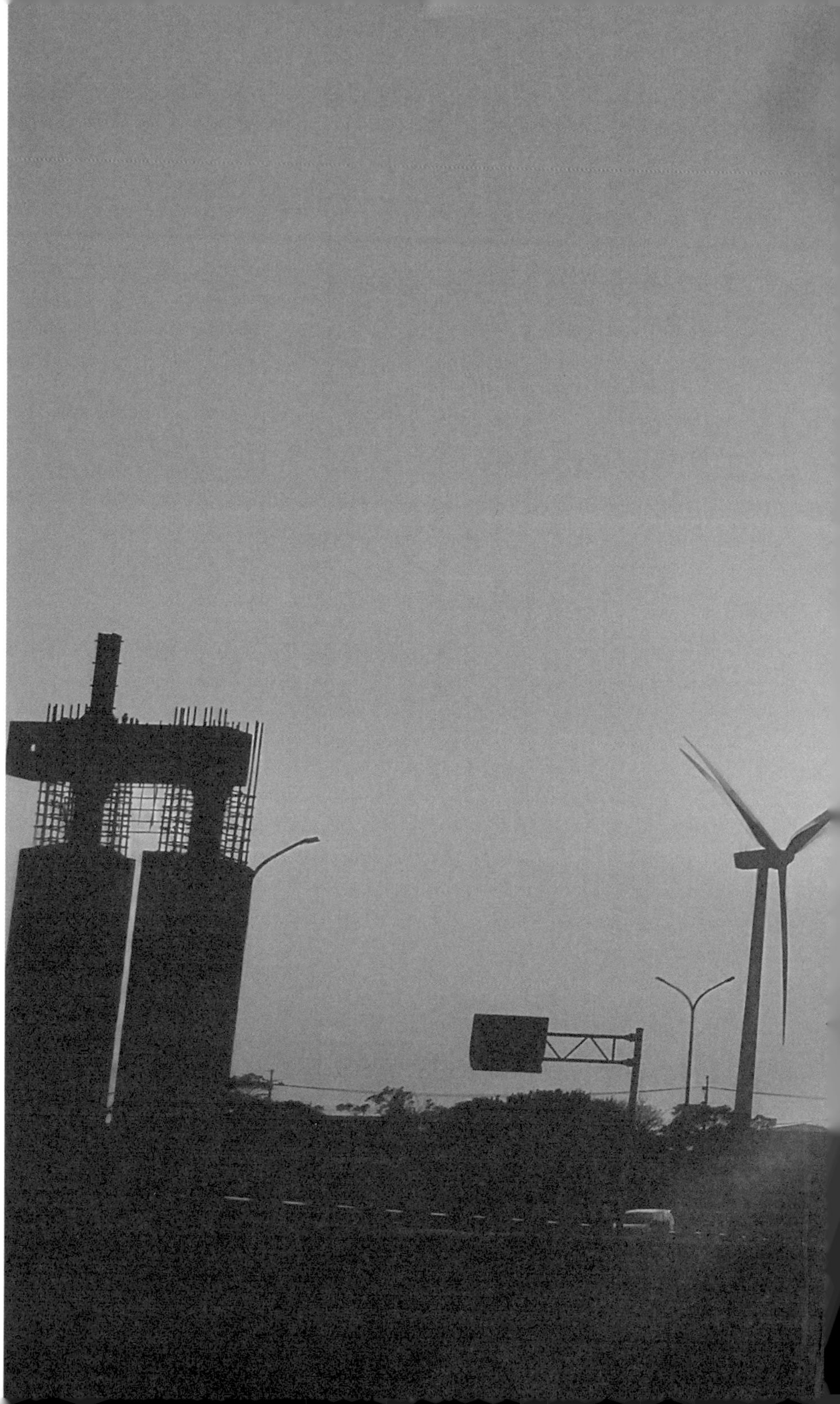

我心中的傷痛，實在沒有人能了解，

我知道在戀愛中，我總是失敗者，

無論戀愛和婚姻，我都跌得很重。

眼淚伴著我很多個晚上，任我怎樣抹，也抹不掉……

抹掉眼淚，
勇敢追愛

I

一

在人生中，愛，從來是人的渴求，但我在人生走著走著，卻總沒有甚麼人願意與我好好相愛。

在我中學階段，就讀七年女子中學，當中我並沒有經歷戀愛。大學時我讀文科，文科學系也是充滿女生，我也沒有遇上甚麼男生可以交往。就這樣直至二十多歲，我也沒有愛過甚麼人，也沒有甚麼人愛過我。

直至在職場我遇上他，一位非常溫柔體貼的男生。他很喜歡我，他是一位中學老師，他寫上很多愛的詩篇送給我。或者我沒有經歷過戀愛，從最開始我就被他的行徑深深打動了。

他每一詩篇都是如此動人，我欣賞著他的文學才華。其實用文字去打動人真是很容易，因為文字的力量總是巨大而有感染力的。

就如此，半年以後，他就和我商量結婚的事。我問他為何要選擇我，他說：「在我人生中從沒遇上這麼深愛的人，你漂亮、溫柔、大方得體、懂得珍惜我，又懂得節儉。」

我聽著聽著，心都融化了。我和他認識不到一年，我們就結婚，組織家庭了。我想著，他是一位中學教師，有穩定收入，又是讓人尊敬的行業，而我是一間大公司的行政秘書，大家都有優質工作，很是合拍。我常想，我的人生實在是太美滿了。

　　但結婚一年以後，丈夫 Harry 和往常不再相同，他常常遲歸，常常說要在學校工作。他說很忙，晚上九時還沒有回家。

　　這樣持續半年，我實在覺得很奇怪。有時在假期，他也說著要回校工作，甚至是整天的。有一次公眾假期，他說要回學校批改功課和出考試卷，我想公眾假期不可以在家裡工作嗎？學校真的開放嗎？

　　那天下午一時我去了學校，打算找 Harry 午飯，怎知到了學校門口，我見門沒有開，因是公眾假期。我想著會不會學校不對外開放，但教職員可以進去工作？我按門鈴很久也沒有人回應，我發覺學校今天應該是不開放的了。我心沉了一下，然後用 WhatsApp 訊息了 Harry 問：「你在哪裡呢？」

　　我在學校門外等了半小時，他才回覆我說：「我在學校裡工作呢？我實在很忙，不好意思，遲了回覆你。」

　　我直接問：「我現在就站在學校門口，你出來吧！我們一起午飯，好嗎？」

　　跟著是一段沉默時間，然後 Harry WhatsApp 訊息告訴我，他現在不太舒服，工作完成後就會回家，加上他說趕著出考試卷，要我先回家。我完全覺得這是一段謊話，他根本就不在學校。

　　我回覆他說：「我站了半小時，我現在覺得不太舒服，你出來陪一陪我好嗎？」Harry 或許知道無法再隱瞞，他就直接不回覆我了。跟著我致電給他，他也沒有接聽。

　　突然，我感到人生中一份極大的難過，我的丈夫居然如此欺騙我！我不知道應該怎麼辦，我立刻回家，迅速在家中看看。在家中書房，我看著他的不同文件，但最後，我卻甚麼都發現不了。

　　人與人之間的信任，其實是很脆弱的，有時候有些事情發生了，信任，就會再沒有了……

　　今天晚上 Harry 回到家，他慢慢解釋說：「我今天真的很不舒服，後來放下電話，就沒有再看到任何訊息了。」我完全不能相信他的話，但他要這麼說，我又可以作甚麼呢？

II

一

　　其實我沒有甚麼戀愛經驗，Harry 是我的初戀，也是我的丈夫，我從來就覺得自己很幸福，但今天的事，我完全不知怎麼去面對。晚上睡覺時，Harry 就睡在我旁邊，而我就淚流滿面，但他並沒有見到。或者我想，他就算見到，也會當作見不到。

　　我知道 Harry 一定有事隱瞞我，但我不知道他究竟欺騙了我甚麼，我也不知道應如何去打聽。

　　我約了好友出來傾談，我發覺我人生在結婚以後，除了Harry 和家人，我好像疏遠了我的朋友，我也好像疏遠了很多人與事，我現在發覺，我不可沒有朋友，因為朋友在患難中，還是很重要的一份支持。

　　我和朋友談著 Harry 的事，他們問：「其實你覺得他常常不在家，是去了哪裡呢？或者你可以嘗試跟蹤他，或是聘請私家偵探。」

　　我想為何結婚了，還要做這些事呢？我回答說：「我不懂跟蹤人，何況他在學校不出來，我也不知怎樣去找他。」

　　朋友就建議我聘請私家偵探，人生中，我實在沒有這些經驗，結婚還要用私家偵探去偵測丈夫嗎？我心中感到很難受，但我知道，Harry 是不會向我坦白的，我也想知道真相。

　　就這樣，朋友幫我請了私家偵探查看 Harry 的行蹤，用金錢買來的服務實在很好很方便。私家偵探很快有了結果，朋友陪我去看，因為他們不想我一個人去面對。

　　私家偵探給我一些照片，是的，不出我所料，Harry 和另外一位女生一起了。私家偵探說：「你看看這位女生，應該只是一位十多歲的學生吧！」

　　我感到很震驚，居然 Harry 是看上一位年輕女學生！我感到我的自尊都沒有了，我實在是無地自容，他居然因為一個年輕女學生而想放棄我？

　　我拿著照片回到家中，今晚我打算和 Harry 好好說話，但是我想著，如果 Harry 因著我聘用私家偵探調查他而發怒，那我又可以怎麼辦？但是我又想，要我面對這樣一個欺騙我的人，我的生活也不會愉快，我還是選擇去坦然面對一切吧！

　　今晚，我拿出照片給 Harry 看，我說：「你這是做甚麼的？」

Harry 見到照片後面色一沉，然後大聲說：「你找人去查我？」我沒有好脾氣地說：「是的，因為你在欺騙我。」

　　然後 Harry 發著很大脾氣，和他平常溫柔的樣子完全不一樣，他將我面前有關他的照片全部撕碎，然後將面前的桌子大力推翻！

　　他說：「我最不喜歡別人查我！你可以直接問我，但不可以這樣查我！」我冷靜地說：「我有問過你，但你沒有告訴我真相。」

　　Harry 繼續將飾櫃中的玻璃瓶摔倒在地上，我突然感到很驚慌，我好像不認識面前這一個人！我拿著我的手袋迅速離開了家，我怕他會傷害我。

　　我一個人走在街上一直的流著淚，我致電好友告訴他們情況，他們收留了我在他們家中暫住。

III

一

　　就這樣，我在朋友安排下，搬到一間酒店暫居。是的，我實在害怕 Harry，我想像不到他的脾氣會是這樣大，他完全不是我所認識的 Harry 了！

　　他有錯在先，卻這樣向我大發脾氣！有時我想著，或者我戀愛經驗實在太少，我對人的認知和理解也實在太淺薄，我並沒有很深入的認識 Harry 就和他結婚了。然後我想著，或許 Harry 除了看中我美貌，其實也還看中我富有的家境。現在我和 Harry 住著的豪華房屋，也還是我爸爸名下物業，我們不用付上租金。我有時想，Harry 究竟是愛上我，還是愛上我家中的財富？

　　我暫時也不夠膽將實情告訴爸媽，我不想他們擔心，但我搬出來兩星期後，Harry 也完全沒有找過我，我心真的死了。我訊息問他說：「我們現在怎麼打算，我們怎麼走下去？」怎知 Harry 的回覆卻是如此可怕，他只冷冷地寫著兩個字：「離婚」。

我想著為何他可以這樣的呢？他居然可以這樣對待我？我做錯甚麼呢？我簡直不敢相信自己的眼睛！

　　我完全不明白一個我曾經深愛的男人，為何他在做錯事以後可以如此待我！我怎麼向我的家人交代？我怎麼向我的朋友說明？人生我可以如何走下去？我只結婚一年就離婚了嗎？

　　但是我想著，如果我不離婚的話，其實後果也會很嚴重。上一次 Harry 重重摔東西的樣子，他可怕的神情，常常讓我發著噩夢！我想著 Harry 和我離婚，他是不是想分我的家產？幸好在我名下暫時並無物業，我想著就算我現在和他離婚，我也沒有很大損失！

　　我想著家人，還是我最大的支援，我將實情告訴了雙親，他們見我哭了，便說：「女兒，你在我們心中永遠是最寶貴的，我們任何時間也會支持你！我們先安頓你回家居住，你不要再上其他地方了。」

　　就這樣，在爸媽的安慰下，我搬回家了。我想著我應該和 Harry 修補關係？還是答應和他離婚？

IV

一

　　雙親代替我找了 Harry 出來傾談，因為他們害怕我會在面對他時再次受到傷害，我覺得這也是一個明智做法。怎知 Harry 對我爸媽也沒有好脾氣，他說自己沒有做錯，更說我去調查他，並不信任他。他仍然用著那些暴戾的語氣，但他卻完全沒法解釋，那些他擁著女生出入並親吻的照片，究竟為何會出現。現在不單我接受不了，連我雙親也實在接受不了他，爸媽勸我和這樣的一個騙子立即離婚。

　　我哭上了很多個晚上，是的，他根本就是一個感情騙子！他騙了我與他結婚，然後又和其他女生一起，再用暴力對待我！我為何還要和他走在一起呢？

　　雙親收回物業，幸好他也願意搬走。就這樣，我和 Harry 分居了，不久以後，我們也正式離婚。我再沒有見過 Harry；我和他離婚以後，我們斷絕所有來往。

　　我繼續住在家中和爸媽一起，人生我經歷了一場很大的風暴。其實我和 Harry 只是戀愛半年就結婚，我和他的婚姻生活，也只有一年，前後我和他一起的日子不夠兩年。就這樣，

婚姻讓我從一個情竇初開的少女，成為今天一位不再一樣的婦人，其實現在，我還只有 25 歲。

　　我想著我的餘生會是如何？我還有勇氣去面對戀愛嗎？我還有勇氣再次去面對婚姻嗎？婚姻的陰影對我來說，實在是太大了……

V

一

我想著，如果這次沒有朋友，沒有父母支援，我真的不知怎麼打算。就這樣，我仍然是單身，我仍然沒有太多人追求，雖然我有著美麗的外表，但始終我面上表現出來的，就是一份冷漠……

人在經歷不快樂的事以後，有時候那份悲傷，會是長久於心靈中安放，需要透過年日的沖洗，才能被抹掉。

是的，其實在我心中，對人及對異性，現在都沒有太大信心。對愛，我更是有著一份驚懼。愛，會是如此美麗，但愛一轉身，卻也可以是如此可怕。

或許男生都是比較喜歡主動積極，熱情奔放的女生吧，而我卻總是表現得很冷漠。在公司中，大家都知道我曾經離婚，大家似乎對我都沒有甚麼興趣。是否離過婚的女生在男性心中，就只是次好的選擇？他們可能覺得，是我人品和性格出了甚麼問題，才會離婚。

就這樣，我的人生經歷了一次婚姻後，到三十歲我也沒有再談戀愛，或者在我心中有著一個巨大的黑洞，總令我無法

再有勇氣去面對戀愛與婚姻。父母對我也有著擔心，而我真的已再沒有談戀愛的衝勁了。

今年我轉了新公司，是一間規模較小的公司。或許在規模較小的公司裡，人與人之間的關係會比較簡單而深入。在這裡，我認識了 Dickson。

Dickson 是一位畢業沒多久的男生，但他在公司中卻總愛幫助我。他雖然是新畢業，但他年紀已不小，都已經 26 歲。因為他用了很長的時間進修、讀書、再進修。我知道他也是付出很多努力的人，也是一個有感情經歷的人。

雖然他只有 26 歲，但我見他比其他同齡的人成熟。他對我是有著一份好感，我是感受到的……

我們曾相約多次午飯，我也不介意告訴他我的一些過去經歷，他聽了以後似乎沒有很介意，反而他很關懷我心靈中的需要。

Dickson 問：「現在你還有不開心嗎？你心底裡其實還有恐懼嗎？」

　　我真實的回答：「我心中真的還是有恐懼，只是慢慢開始沒有了。」Dickson 直接地問：「那麼，你還願意接受男生嗎？」

　　雖然我戀愛經驗不多，但我知道他這樣提問的意思。其實我從心裡還是喜歡他的，我感到他有溫暖的心，也有樂於助人的笑臉，在公司裡，他常常幫我購買飯盒，幫我影印，有時候我離開較晚，他會刻意等我放工，與我一起晚飯。

　　我知道他是對我很好，然而我經歷過婚姻失敗，男生對我的好，我總是有些卻步。我不知道他們是否只有表面的好，暗地裡又是另一個人，或許在我心中，曾經有的陰影是如此巨大，只是表面上，並沒有其他人知道，在深層中，其實我對男生還是有著恐懼。

　　我已經再沒有打聽前夫的事，聽朋友說，他好像和一位女學生發生了不正當關係，然後被學校辭退。我慶幸我沒有繼續和他交往。

　　面對面前溫柔的 Dickson，我心中的陰影反而變得更大，因為我最初認識 Harry 的時候，Harry 也是同樣的充滿了溫柔，加上我知道 Dickson 是有感情經歷的人，他的戀愛經驗比我豐富，如果他要玩弄我，我一定會再次受重傷。

VI

—

原來人心中的恐懼，是會因著經歷而形成，我會以為自己這麼多年過後，會沒有事的了，但原來我碰上了溫柔，亦待我很好的 Dickson，我還是在心中充滿著對感情的恐懼與戰兢。

有時我和朋友和父母談著，他們都鼓勵我結交新男友，但我知道自己心中，實在有著很多不安，今晚我和 Dickson 坦白說了很多，然後我對他說：「不如我們多用一點時間慢慢交往，你願意等待我嗎？」

Dickson 高興的說：「是你，我就願意等待啊！」

從來人在喜悅時和另一個人，甚麼承諾也會許下，其實一個人，真的願意用上很多寶貴的時間，去等待另一個人嗎？

就這樣，我和 Dickson 交往著，一年一年的過去。在我們一起相處三年以後，我感到心靈平靜了，我感到我對情感再沒有從前那麼恐懼了，我準備好和 Dickson 走在一起，怎知今天 Dickson 突然和我說：「我一家下個月要移民澳洲，家人想我和他們一起到那邊發展，不好意思，我一直都沒有告訴你。」

我實在感到很吃驚，原來說好等待我心靈瘡癒的人，突然又要走了！

我問：「不可以帶著我一起移民嗎？」其實我並不想移民，我只是想看看 Dickson 的反應。他沒有和我商量任何事，只是通知我情況，現在他是要和我分手嗎？

Dickson 甚麼都沒有再解釋，只是說：「我們暫時分開一下，到了那邊我再和你聯絡，好嗎？我和你還沒有任何正式關係，你辦不到移民的，其實面前的路，連我自己也不太清楚，所以我都顧不到你，我真的感到很抱歉。」

這世上那有暫時的分開？暫時的分開都只是藉口，從來戀人一分開就會是永遠的分離吧！我已被人放棄過，我對 Dickson 滿載期望，怎知這次又是如此！

我不知道 Dickson 是不是真的要移民，我只知道一星期以後，我就再聯絡不上他了。他的社交媒體全部關掉，他好像消失在我眼前，究竟他是在做著甚麼，我完全不知道。我問著他的朋友，連他們也不知道。

或者他真的是移民了，又或者他是在做著其他甚麼事，不想讓我知道。現在我只知道，我人生第二次的戀愛，讓我更受傷。

這次我用了三年時間和 Dickson 在一起，我以為我的一切傷口會慢慢好起來，我可以和他永遠走在一起，怎知我好起來以後，Dickson 卻這樣給我重重一擊，這次我真的跌得不能再站起來了。

　　我心中的傷痛，實在是沒有人能夠了解，我知道在戀愛中，我總是失敗者，無論戀愛和婚姻，我都是跌得很重。眼淚伴著我很多個晚上，任我怎樣抹，也抹不掉……

VII

一

　　再三年以後，我 30 多歲了，我仍然和父母同住，現在我已經不再相信戀愛。公司有一位成熟的主管追求我，他上年剛離婚，他知道我的境況。或許我們在合作中，大家有著溝通，到現在慢慢親近。他向我表達了好感，但是在我心中，對他沒有甚麼感覺了，何況他還結過婚，和我一樣。

　　我的朋友卻與我如此分享說：「有時候，離婚後的人，可能更懂珍惜下一段的婚姻。」

　　我和 Victor 偶爾會一起晚飯，但次數不多，因為我對戀愛和婚姻，總沒有太多信心。另外，也因為他還有一個兒子。我知道以我現在這年紀，因著曾經的經歷，我可以選擇的對象實在不多，願意愛我，願意與我發展關係的人，真是鳳毛麟角。

　　雙親有見過 Victor，他們覺得 Victor 人品不錯，只是有個孩子。男孩子七歲，很乖巧，但是要我做著別人後母，要我照顧一個不屬於自己的孩子，我的興趣實在不大。

有時 Victor 會安排我和他的孩子見見面，看看大家可否成為一家人，但我真的沒有興趣。我想著，或者我的餘生，都不會再走入婚姻，因為之前兩段情感經歷，實在讓我深深受到傷害。

　　我知道從來愛的獲得，一定要自己先踏出第一步，但我就是踏不出去。

　　今天 Victor 邀請了我，並帶著他的兒子去海洋公園。不知為何，我拖著小男孩 James 的小手，突然我覺得，有著一份人與人之間單純關係的幸福。

　　突然 James 問我：「Annie 姨姨，可不可以帶我去買棉花糖？」我說：「可以啊！」吃著棉花糖的時候，James 突然拖著我的手問：「Annie 姨姨，你可以做我媽媽嗎？」

　　我感到很吃驚，一個七歲小男孩，居然會問這問題。我不知道是他爸爸教導他，還是他自發的說，但無論如何，這句話出自一位七歲男孩子的口，我實在感到那份純真與溫暖。這句話也引發著我體內一種母性的感動，我想著，或者再次步入婚姻，步入一個有孩子的家庭，可能有很多事情需要克服，但也不是一件完全不可能的事情吧！

其實之前日子，我和 James 相處都很愉快。每次我們一起吃飯時，他都吃得特別多。Victor 告訴我，James 很喜歡我，可能是因為他缺乏母愛，也可能是我們兩人都心裡善良。

我想，餘生的幸福，從來要靠自己的努力去爭取，父母和朋友可以陪伴我，但最終能夠幫助我的人，還是我自己。我也要學懂，去戰勝自己內在一直恐懼和不愉快的心魔。

我想著，Victor 經歷過婚姻，他應更會明白我的難處，我也會更明白他的需要。其實，這不是一個很好的組合嗎？

人在經歷婚姻的挫折以後，下一次就會懂得用更適合的方法去面對伴侶了。其實曾經歷婚姻的失敗，只是在創造另一次婚姻的幸福啊！

我拖著 James 的小手，然後慢慢地說：「你真的希望我成為你的媽媽嗎？」

想不到 James 這次更擁抱著我說：「Annie 姨姨，我的其他朋友都有媽媽，惟獨是我沒有。其實我一直都很不開心，我很希望有媽媽疼我，我很喜歡你，你可以做我媽媽嗎？」跟著 James 幽幽地哭起來⋯⋯

我望著 Victor，突然間，我發覺原來生命中有這麼多有需要的人。其實他們也是愛我的，為何我不可以勇敢的為自己和為別人，踏前多一步呢？

James 又拿出他背包裡的手冊給我簽名，我見母親那欄是空白的。

他說：「其他同學都有爸爸媽媽簽名，我就只有爸爸的簽名。我今天帶手冊來給你，你可以幫我簽名嗎？」

我呆著了，不懂反應，是 Victor 教他？還是 James 自發的？

Victor 買完雪糕回來，見我感動的眼淚在眼中打滾，輕擁著我說：「是 James 拿手冊給你簽名嗎？他有告訴我，我已叫他不要這樣做，因我擔心會嚇怕你。你不用有壓力，他只是一個小孩子⋯⋯」

我們送 James 去玩兒童小火車時，我和 Victor 遙遙看著他快樂的樣子。Victor 對我說：「我沒有想過我兒子這麼喜歡你，一切都好像是上天安排；加上你的善良，真帶給我和 James 安全感。我明白你未必想成為母親，還要是一位特別的母親，但我真的很希望你能考慮一下，成為 James 的媽媽。」

我心底是有猶豫，我坦白地對 Victor 說：「我害怕我會是一位不稱職的母親，我沒有照顧孩子經驗。」

Victor 連忙說：「你喜歡 James 嗎？就算是親生母親，也沒有教養孩子的經驗；只要你喜歡 James，他又喜歡你，就已是一個最好的開始了。有哪對父母真的很懂得照顧孩子？都是邊走邊學。」

我：「我沒有想過，自己會成為別人的母親，我要點時間思索；現在不只是我和你一起，更要介入另一個生命。」

Victor 說：「我明白的，你慢慢再想一想，我和 James 都很需要你……」

我望著 James 在小火車上轉了一圈又一圈，我見著他的笑臉；我想著餘生，我真的可以和一位無血脈關係的孩子走在一起，並成為他的母親嗎？

其實，身旁的 Victor 和我也沒血脈關係，他不是待我很好很溫柔嗎？他不是願意與我一起好好生活下去嗎？

人世間，需要大家互相陪伴，好去減退寂寞；

人世間，能找到一個愛自己，又願與我相知的人，何其艱難？

人世間，我經歷了一次又一次情感挫折，是時候安頓了嗎？

人世間，我想要愛，我想要一個家，還是想繼續獨自生活？

人世間，有一位小男孩在我未愛他以先，他已經喜歡我，何其難得……

其實現在，很幸福地不止一人愛我及需要我，還多了一位可愛的小男孩；給他一次機會吧！也給我自己一次愛與被愛的機會吧！

或許離了一次婚，可能我已不介意再離婚了；如果往後彼此真的不適合，其實我還是有退路的，我還是可以選擇再離開。

我是否想得太多了？好像負面了一點。

「多向正面想啊！人生總充滿希望，充滿愛……」我對自己說。

我望著面前夕陽的餘暉，海洋公園的景色今天真是特別美麗。在纜車中，我抓緊著 James 的小手，也抓緊著 Victor 的手，我想，人生為何不可以再給自己多一次機會呢？

我看著美麗的日落，我對 Victor 和 James 說：「我們不要讓這夕陽退去，好嗎？我們一起走下去，好嗎？James，我當你媽媽好嗎？我幫你在手冊母親一欄簽名，好嗎？」

James 可愛的樣子，露出了甜甜的笑容，並大力地點頭，Victor 也流露出感激的表情……

人生，真的需要勇敢！我不知將來結果會如何，但我覺得我這樣踏出去的話，一定有成功和找到幸福的機會，如不踏出去，就連一點尋獲幸福的機會都沒有！

「機會，總要人努力去抓緊，你要勇敢啊！」我笑著對自己說。我相信我也不會再在晚上獨自下淚了，因為我為自己，抹掉了眼淚。

我見著夕陽徐徐下山，但在我心中，美麗的夕陽，卻永遠存在……

人生真的需要勇敢！
我不知將來結果如何，
但我覺得我這樣踏出去，
一定有成功和找到幸福的機會；
但如果不踏出去，就連一點機會都沒有！
「機會，總要人努力去抓緊，你要勇敢啊！」
我笑著對自己說。

我相信我不會再在晚上獨自下淚，
因為我為自己，抹掉了眼淚。

我沒有想過，人與人之間的幫助與情份，

是會衍生出一場深厚的愛；

而有些愛，基於社會目光，基於現實考量，

我知道，一切都是不可能的……

尋找那躲在角落的男生

Chapter Two

I

一

很多年了，六年了！為何我總是不夠膽對你說一句：「我愛你⋯⋯」

是的，我們年紀真的有著一些距離，我們的學歷、經驗都有一定差距。但其實，我們真的沒有機會走在一起嗎？

或許在香港，這個講求工作經驗，講求學歷，講求業績的地方，實在是很難讓我們有著美好的結局。

我和你，只是偶然的在某一處相遇，然後在有一天，我們又分離了；我和你，總是充滿著很多生命中不能預測的事。

人生，從來分開的日子都很多，能夠相遇的日子卻很少。

我已經說上很多次，我們的學歷、經驗、年齡等，一切我都不可能不介意，我真的不夠膽，再走近你多一步。的確，人總是不容易去明白別人的心事，或者我也總是不能夠明白你的心意。

那年我初出來中學教學；那年我23歲，我認識你的時候，你讀中四，那年你18歲。因為你是新移民，比較遲入學，你比其他同學大上兩年，而我，就比你大上五年。

　　五年的距離不是很多，但最大問題是身分。我那時候是一位老師，你卻是我學校的學生。

　　那年我任教英文科。我知道你家境不太好，但我發現，你很有語文天份，如此，我總想幫助你，但沒有想過，人與人之間的幫助與情份，是會衍生出一場深厚的愛。而有些愛，基於社會目光，基於現實考量，我知道，一切都是不可能的⋯⋯

II

一

　　我知道你很喜歡閱讀，但因你家中並不富有，你並沒有很多金錢可購買英文圖書。英文圖書的價格的確比較昂貴，而圖書館可借閱的英文圖書，也是比較舊一點。

　　我見你總奮發向上，對英語也有很大興趣，只是基礎實在較弱，所以成績一直追不上。作為一位語文老師，見到這情況，我總樂意幫忙。你特別喜歡寫作，有一天你親自來找我說：「Miss Lam，我想改進寫作，我可以每天繳交一篇作文給你幫我批改嗎？」

　　對於這樣自發努力的學生，其實我心存敬意，我想著，我一定會盡力幫助他。我回答說：「當然可以。」

　　如此，智聰真的每星期繳交數篇作文給我批改，我也給他回饋和評語，也親自解說那些地方需要改進。每天放學，我都預留二十至三十分鐘幫助智聰的作文及其他英語問題。

　　有一天，他病倒了，沒有回校，不知為何，那一天放學後，我感到一份很大的失落感。

智聰真的很有才華，人如其名，非常聰穎，又有智慧。在我少許指導下，他的英文成績已經突飛猛進，無論寫作、聆聽、說話、文法各方面，都有著很大進步。

　　學校每一次作文比賽，我都挑選智聰的作品去參加，以增強他的自信心，而他的確有獲獎回來。我也鼓勵智聰參加朗誦比賽，他也總能取得優秀成績。

　　有教學理論如此說，要學生有好成績，要先讓他喜歡老師的課堂，並要喜歡任教的老師，如此，學生為了報答老師，就會努力於學業當中。智聰總是喜歡上我的課，我相信，作為他的英文老師，他也有喜歡我，一直，我視我和他的關係，都是如此可喜和欣慰。

　　學校大小英語活動，我都找智聰幫忙出任司儀，智聰也總是演繹完美。在我的小宇宙中，在學校繁忙的工作裡，在我第一年戰戰兢兢的教學中，有智聰在，我就感到很安穩。

　　是的，初入職場，第一年出來工作，我仍然是很幼嫩。18歲的智聰，反而有著一種成熟感，無論作文比賽，書法比賽，朗誦比賽，他都表現出色。每次我幫他批改作文後，他總是認真的向我說感謝。每天放學的時光有著智聰，我總是感到特別愉快。

今天我收到一份禮物，是智聰的一張敬師卡，上面畫上一個很大的紅心。智聰沒有寫上甚麼，只寫上一句話：「Miss Lam，我愛你！」

其實一張敬師卡上面寫著這些說話，本是很平常的事，然而不知為何，那一刻我讀著這張卡，我心有著一種震動。這五個字讓我內心總是翻騰著，有著一種巨大的激動與不安。是我想多了？是我太敏感了？智聰只是我的學生……

其他同學的敬師卡，都是這樣寫：「老師，感謝您！」

「老師，感謝您在課堂上幫助我，讓我的英文有著很大進步！」

「老師，感謝您一直幫助我，扶持我，詳細批改我的功課。」

「老師，感謝您上堂的生動描述，讓我們能更多明白英語的精彩。」

「老師，感謝您能夠在課餘幫我補習，讓我的成績能夠突飛猛進。」

「老師，感謝您能夠明白我的優點，讓我更多發揮所長。」

所有敬師卡，都有感謝的語句，但卻沒有一句「我愛你」。

　　智聰的敬師卡，實在叫我有著很大震憾與迷思，我搞不清楚他的心意。但由那天開始，我對他多了一點避忌，因為始終我是他的老師，我未來想成為一位註冊教師，如果有甚麼事情發生，其實是會影響我的職業生涯。

　　何況我覺得，我也不應如此和一位男學生走得太近；加上那時有一位男同事常常過來認識我，他任教中文，我和他尚算有美好溝通。我可不應對小男生有甚麼特別想法。

　　小男生的感情，從來是直接的。我現在幫助他，他對我有好感，很正常，但轉過身，他就會甚麼感覺都沒有了；再轉身，他或許已經和其他女生走在一起了。

　　這天放學後，智聰叫著我，然後說：「Miss Lam，為何你走得這麼快？為何你不等一等我？平常我們不是一起離開課室的嗎？今天你為何這麼快就離開？」

　　我沒有說甚麼，只是輕輕的和他說了一聲再見，然後我就走了。智聰繼續叫著我，問道：「Miss Lam，你為何要逃避我？」

　　我轉身回答說：「我沒有啊！」智聰跟著說：「Miss Lam，你有的，你一定有！是否因為我寫給你的那張敬師卡，你誤會了？」

　　我定睛望著智聰，我說：「你覺得我誤會甚麼？」

　　智聰很堅定的望著我，那時周圍剛好沒有人，他說：「老師，你是不是誤會了我愛你？」

　　空氣像凝聚了一般，我不夠膽再說下去，我也不希望他再說下去。然而這時候，智聰不知哪裡來的力量，他對我說：「是的，Miss Lam，我是真的愛你！」

　　空氣不只凝聚了，更定格了。我甚麼都不想再說，轉身就走了，留下智聰一個呆呆的站在原地，因為我發覺，如果再糾纏下去，不會是一件好事。

III

一

　　今天上英文課的時候，氣氛很特別，我刻意沒有望向智聰那邊位置，智聰也一直低著頭。我見他樣子很不舒服，跟著我走到他身邊，我見他所有課本都沒有打開，很沮喪的樣子，然後我問：「你不舒服嗎？」他抬起頭，眼睛紅紅的，甚麼也沒有回答。

　　放學的時候，智聰親自來教員室找我，他寫了一封信給我，他這樣寫著：「我知道我之前寫給你的敬師卡，給你帶來困擾了，但是我很想讓你知道，今年我真的很感謝你對我的照顧和教導。其實我都不知道，對你究竟是存在那一種感覺和感情，我只知道每次見到你，我心中都有著一種很踴躍的感覺，我很希望能夠和你擁有一種男女朋友的關係，雖然我知道，你不會接受我，但是我很希望，你能夠明白我的心意。」

　　讀完這封信，我知道這是一顆單純的心對我表達著一個很單純的心願；我知道，我也明白。若然你問我，我有沒有喜歡智聰，其實我也有喜歡他。他比其他男生成熟和溫柔，他比其他男生知性和獨特，我想著，我只是大他五年而已，如果他不是我的學生，相距五年，其實只是一個很小的數目。

其實每當我靜下來的時候，我都有想起智聰，我總想著，他有好的學習環境嗎？他的父母對他都好嗎？有時候，我會買些小禮物送他，例如一些文具、小飾物等。的確，我對智聰，是有著一份獨特的偏愛。

不過或許，有些不適合的感情，就不應再糾纏了，這不是年紀問題，而是輩份問題。我知道男老師和女學生拍拖，相對容易被人接受，但女老師和男學生拍拖，是絕對沒有人願意接受的！我相信我的朋友，我的家人，都不會接受。

我將信來回讀了十多次，我不知道應該如何處理，我也不知道可以和誰分享。我不想將事件公開及複雜化，我心裡其實是想保護智聰。對智聰，我確實是有著一份深深的喜歡。

IV

一

　　自從智聰將信交給我以後，他就沒有再上學了。見不到他的第一天，我有著一種很大的失落感，上課的時候，我簡直集中不到精神去教學。

　　過了三天，仍然沒有見到他，我心中有著緊張。我雖然不是他的班主任，但作為他的英文老師，我也打電話去關心一下，我很希望能夠知道他的情況。

　　接電話的是他媽媽，她告訴我，智聰這幾天很不舒服，我和他媽媽說，可否讓智聰來聽電話。電話接上了，我問智聰：「你怎麼了？」智聰在電話那邊說：「我是心病……」

　　我害怕他繼續說下去，因為他母親就在旁邊，或許他在說得清楚與不清楚之間，讓其他人是聽不明白的，但我卻明白了。無論如何，我不想再說甚麼，我對智聰說：「你康復以後，就回來上課，學業要緊，其他事就不要再胡思亂想了，我們見面再詳談，好嗎？」

　　如此說完後，我就匆匆掛上電話，免得智聰繼續胡言亂語。很感恩，不知是我關心的電話打動了他，還是我說我們見

面好好談一談這句話，終於讓智聰回來學校。他回來以後，我見他神情還是有點沮喪，情緒似乎亦不太好。

我找了一個機會認真的對他說：「我是你的老師，我希望能夠永遠都是你的老師，可以嗎？」

智聰用鬱鬱的眼神望著我，然後對我說：「有時候，愛真的需要分年紀嗎？我有做錯甚麼嗎？我只是選擇愛你罷了！」

我見走廊有著很多人，我不想再挑動他的情緒，也不想其他人聽到我們的對話，我急急地說：「不如這樣吧！你有甚麼話，你寫給我，好嗎？你不要這樣公開說話了。」

過了一天，我收到智聰的信，他的文筆從來就好。其實我是害怕去讀他的信，因為我不想再有甚麼事情發生。而這次智聰已經不是單純講述自己感受，而是在表達著他一直的心路歷程……

他的信，是如此記錄著：「不知不覺，我喜歡了我的英文老師；不知不覺間，我愛上了她，這是我的初戀。我每天回校最想見到的，就是 Miss Lam。其實每天上課，我都渴望見到她，我希望將來中六畢業後，你可以考慮接受我。我知道你

一直很關心我，其實你也有喜歡我的，是嗎？雖然我不肯定你是否愛我，但我覺得我們是有可能發展的，你可以考慮我嗎？你可以等待我畢業嗎？」

讀著這一封信，或者我真的覺得自己的情緒開始失控了！一位 18 歲的男生如此直率的表白，真的令人招架不住。的確我對智聰，是有著特別的寵愛，但這是否屬於一份愛情？因為愛情是一生一世的事，不只是一份關心和關愛。

這陣子，William 對我有著好感。William 是我同事，他常常邀約我晚飯。我想著，William 比較成熟，他會比較適合我。智聰雖然年紀不太小，但始終只是一位學生，兩年後他畢業，我不會覺得他還會選擇我，始終我們的經歷、學歷，還是不太一樣。

從來激情過後，就只會是平淡。男學生對關愛他的女老師，有時是會多了一份幻想，其實都是很平常的事，過一陣子就會沒事了。當智聰長大後，選擇多了，他就不會再選擇我。他的人生，當有著更多開拓時，他也不會再喜歡我。

若然你問我，我有喜歡智聰嗎？的確，他是聰穎的，人如其名，我對他，確實是有點喜歡，但就只是停留在喜歡罷了！雖然有時候我對他是有一種特別的感覺，我知道他喜歡

我，我還是覺得很快樂，很感動。但是我知道，一切都是沒有可能的，特別是輩份問題，我可不想冒險去選擇愛上一位學生。

再加上我大智聰五年，我今年已經 23 歲。真的，小男生的心思，一兩年就會轉變，上大學以後，他就會結識其他女生，那時候，他就不會再想起我了。

今天，我也寫了一封信給智聰，我這樣寫道：「智聰，我是你的老師，我一直都很愛護你，希望你不要誤會我。你很快就會升上中五，中六畢業以後，以你的成績，絕對可以升讀大學，往後你會認識更多新人，你會有更美好的前途。預祝未來你的成績和學業，都順利成功！」

第二天，我將信交給智聰，我覺得有些事，還是說清楚好，這樣對雙方都有好處。何況我是一位專業老師，我絕對不容許有這些不被世俗接納的事情發生。

V

一

　　跟著幾天，我見智聰上課的樣子都是垂頭喪氣。他刻意避開我的眼神，我也不想再說甚麼；我明白需要給他一些時間去消化和過渡。

　　兩個月後，下學期考試成績出了，智聰各科成績都大幅退步。我很擔心，我真的不知可如何去做，我還是不敢接觸他。我不再和他補習英文，因為我害怕會有不適當的事情發生。

　　暑假後，一個我最不想見到的情況出現，就是智聰轉校了。我聽他班主任說，他覺得我們學校不適合他繼續學習，他也感到回校並不開心，所以轉去另一學校升讀中五。

　　不知為何，知道這消息後，我心裡有著一份不能形容的難過。離開我的，是一個愛上我的男生，他現在躲藏在另一個角落裡了！我深信智聰，是因我而轉校。

　　其實我應該是高興的，因為我好像解決了一個難題，但是我心實在感到很悲傷，很沮喪。突然再見不到智聰，我實在感到很掛念。我坐在教員室，不期然地翻閱他曾經的作文：我一篇一篇的讀著，他的確是一位有才華的學生，為何他要這樣離開我？

我突然明白，他是用了幾多勇氣去寫那些信給我。小小年紀的他，實在用了幾多真誠去告訴我他對我的愛。我和他，真的是沒有機會發展嗎？其實，我只是比他大上五年吧！

至於我和 William，就好像一潭死水，一點愛的火花都沒有。雖然大家都任教語文科，但我們總沒有甚麼特別溝通。我發覺我和 William，就是一種平淡，真的有如白開水一般，一點浪漫感覺都沒有。

但是，和一位學生發展感情，我真是傻的嗎？他學業還沒有完成，大學也未曾升讀。其實，他還真的欠一點成熟，究竟，我愛他甚麼呢？

今天，我再鼓起勇氣，寫了一封信告訴智聰，信中這樣寫著：「你不要再躲在角落裡了，請你站出來面對我。我有愛你，但只是出於老師對學生的一份關愛。不如這樣吧，我給你六年時間，如果六年後你仍然愛我，我可以選擇你。」

我開出六年期限，是因為六年以後，智聰便大學畢業了。如果他大學畢業以後還願意愛我，那時我真的可以考慮他。人生，六年是很長的一段日子，我相信智聰在大學定會發生很多事，他也定會認識很多人，而我也會有我的發展。如果大家六年後可以再相遇，大家身邊都沒有伴侶，那我真的會考慮他。六年後，他不再算是我的學生了。

VI

—

信，我寄給了智聰家，但是，他沒有再回來找我了，或許他覺得，他轉去另一間學校就讀中五及中六，對他來說會更專心。或許他覺得，這樣他更能用心學習，更容易升上大學。

智聰離開了學校，我應鬆一口氣，然而我卻對他，越來越掛念。我知道本來他是可以在這間優質的學校完成中學課程，但現在因著我，他要轉到另一間相對沒那麼好的學校，我實在感到很抱歉。

如果他繼續留在這裡，我可願意繼續幫助他的英語，我相信他的成績一定會更好。現在他離開了，好像一切的曾經都再沒有了。我感到我心像是失落了一塊拼圖，在我整幅人生的圖畫中，現在似乎再不完整。

我有致電過智聰，表示可以繼續幫他補習英語，但他斷言拒絕了。我知道，在他心裡是難受的，或許他只可以用躲在角落的方式去逃避我，又或是他在逃避著他自己……

我說六年後再見，讓他等待，可能他會覺得我只是信口開河，都只是想打發他離去吧！

往後，我繼續在同一間學校任教，我和 William 沒有甚麼特別發展。就這樣，一年一年的過去，不經不覺，我在學校過了七年日子，我仍然和 William 平平淡淡的發展著。

在教學過程中，我也沒有再遇上好像智聰一樣知性和聰穎的男孩。偶爾我會想起智聰，我總想著，他現在做著甚麼？他的影子一直在心中徘徊。這幾年他沒有主動聯絡我，我亦沒有再主動找他了。

有時候在人海中，人與人之間的關係就是如此脆弱；人與人縱使心中對對方有愛，但最後仍然可以是不明所以地，彼此走失了……

想著想著，我感到一份唏噓，如果當年我願意接受智聰，今天會否是另一個故事？或許我連工作都會丟失了，或許智聰只是和我遊戲一場，轉身他就會離開我了。

人生，從來沒有很多如果，時間過去了，就是過去了，如何去追，都再也追不回來了。

我想，智聰應該是把我忘記了！或許他是惱怒我的，因為我不願接受他，連機會也不願給他。其實現在我已經沒有他任何消息了，有時我想，他應該在大學談著戀愛了；又或許，他都忘記所謂六年之約了！

從來，可以打敗一段感情的，不是人與人之間的冷漠，而是時間⋯⋯

　　今天放學，突然在學校門口，我見到了智聰。他拿著一束花前來找我，他說：「Miss Lam，我已大學畢業了，今天我是來找你拍畢業照的，可以嗎？」

　　我見他帶來畢業袍，我實在很高興。六年了！六年沒有見到他，突然面前這一幕，我忍不住流下激動的眼淚。智聰見我這樣，用紙巾輕輕幫我拭淚。

　　我們在校園愉快地拍照，不知為何，今天我再沒有六年前的恐懼。是因為智聰已經大學畢業了？是因為他已經不再是我的學生了？還是因為，其實我是愛智聰的，我要勇敢，我不想再錯過他了？

　　六年沒見，智聰長大了，他的樣子和身型和往昔有點不同。拍完照片後，智聰將手上的花送給了我，我見是一束十一枝的粉紅玫瑰。其實，我是明白當中的意思⋯⋯

　　花，我收下了。智聰見我收下了花，便對我說：「Miss Lam，你說過六年以後，如果我再來找你，你定會接受我。這承諾，你還記得嗎？」

　　六年，並不是一個短小的日子，這刻我心中充滿著難以

言喻的激動。我望著面前滿眼期待的智聰，我問他：「你沒有結交女朋友嗎？」他老實的說：「我有結交過，但現在已沒有了。一直，我只想著了你！真的，請相信我。」

曾經，那個躲在角落的男生，離開了我視線的男生，今天，坦然地在我面前出現。我再問他：「那天你為何要轉校？你為何要逃避我？」

智聰情深款款的說：「Miss Lam，那天我實在不能再面對你！如果我不轉校，我會跌得一蹶不振，我會無心向學，我會連大學也上不了。我想如是這樣，我就會配不起你。」

我無言，只有慚愧與感動，是我讓一個 18 歲的男孩受苦了！那年，其實我一直只顧著我自己。

對不起，智聰，你一直都如此愛著了我，而我對你卻是一直的退縮著。其實躲在角落逃避著的人並不是你，而是我；其實一直隱藏著愛意的人都不是你，也是我；其實沒有顧及對方需要的人不是你，也是我。

智聰，實在很抱歉，我願意用一生的時間，去償還你……

其實在愛中，身分真的很重要嗎？階級又很重要嗎？的確，都是重要的，但此刻我只感到，面前的智聰，面前這一份愛，對我來說，才是最重要……

VII

—

　　我對面前的智聰說：「未來，你可以找到其他更好的女孩子。」

　　我心裡很想知道，智聰對我的感情，究竟是否認真。人世中有幾多人願意這樣去愛著一個人這麼多年，並念念不忘……

　　智聰很堅決的說：「Miss Lam，我和其他女生交往以後，我發現原來一直，我只喜歡你。我和她們在一起的時候，我只是想念著你，我總想著我們這六年之約。」

　　智聰又繼續說：「這六年來，我都不斷去打聽你的消息，我一直留意著學校網頁，並去看你的照片與動態。有時我會在學校門口等著你放學，只要能見你一眼，我就感到很快樂和滿足了。」

　　我聽著，覺得更慚愧，我以為一個男生躲在角落裡，原來他卻一直在看著我。而我反而完全沒有去打聽他的消息，因為我害怕。或許我沒有如智聰愛我般那麼愛他。

從來愛裡就有勇敢，從來愛裡就沒有懼怕，但我是一點勇敢都沒有，我也常常感到懼怕。其實我對智聰的愛是少的。

我聽著智聰對我說的話，實在覺得很感動。我想著這幾年和 William 一起，他完全給不了我這份激動的感覺，我和他只是平淡的過日子。我知道我是愛上面前那個曾經躲在角落裡的男生。其實我想著，智聰躲在角落裡，為的不就是我嗎？

智聰再繼續說：「Miss Lam，在我心中，沒有一個人如你般願意幫助我。我只是在單親家庭長大的一粒微塵，但你卻願意無條件地幫助我。你不單買食物給我，又不斷送我文具及圖書。誰會如你般，願意這樣有耐性地每天教導我英語，指導我成長？我知道，其實你也有愛我，是嗎？那年我都已經 18 歲，我知道這已不只是老師跟學生的情份了，但你卻一直逃避我。當每一次我收到你的禮物，我多麼渴望你給我的禮物，能夠一直延續下去。有一天當我畢業，當我有了工作，我會買更多禮物送給你。我多麼渴望你對我的關愛，不只是一位老師對待學生，我想能夠永遠擁有你對我的愛。」

智聰認真的說著，我見他眼中有著淚光：「Miss Lam，六年了，你答應過我，六年後我回來，你願意愛我，和我在一起……」

我再無話可說了，人生有幾多個六年？其實現在，我已經不再是他的老師了！我還要驚懼甚麼呢？

　　人生，又可以遇到幾多願意如此愛著我的人？智聰今年已經 24 歲了，其實我還再懼怕甚麼呢？

VIII

一

從來，愛是甚麼呢？

愛，其實是一個人對另一個人的好。

愛，是一種見不到對方，就會對對方有著無限思念的感覺。

愛，是一份願意不去計較的等待。

愛，是一個人願意窮一生，去愛著另一個人。

愛，其實是能夠戰勝恐懼的一場經歷⋯⋯

人生如果能用六年時間去測試一段感情的話，我覺得這六年或許還是值得。如果智聰真的願意愛我，其實我是絕對應該給予他機會。

今天，他已不再是那躲在角落的男生，現在，他已是一位成熟的男子。其實我們還需要害怕甚麼呢？應該是說，我還應該害怕甚麼呢？

傍晚，我致電給智聰，我說：「我愛你⋯⋯」

智聰很高興，他相約我出來晚飯。在飯桌上，他拖著我的手說：「我不想再叫你 Miss Lam，我叫你的英文名字，好嗎？」

　　或者第一次，有一位學生這樣拖著我的手，並叫著我的名字。其實現在，他已經不再是我的學生了，我們的關係已經是平等的了。

　　師生戀，從來是一種禁忌，但如果大家的年紀不是相距很遠，心智落差也不大，大家都能認真看待感情，其實師生戀，又有甚麼問題呢？

　　我望著面前的智聰，他給我的，是一份不一樣的溫柔，是一場願意等待的愛。從來一個人願意在生命中默默等待另一個人，都不是一件容易的事。從來一場不容易的愛，都值得被好好珍惜⋯⋯

　　未來，或許我會面對很多流言蜚語，或許我要面對別人的看不慣，或許我要面對別人的不認同，但那又何妨呢？只要轉換學校，甚至轉換工作就可以了。我沒有做錯甚麼，如果這是一場真愛，我願意去面對一切。

　　面前坐著智聰，我望著他，我想，其實不經不覺，我也等待他六年了，或許如此，我一直都沒有很投入與 William

的交往。或許一直，我自己根本就愛著了智聰，只是我自己，不敢承認罷了！

今天，一場得來不易的愛，我一定會好好珍惜。我知道作為一位曾躲在角落裡的男生，他今天實在很勇敢。我相信智聰要的，應是滿滿的安全感。我對智聰說：「你叫我甚麼名字都可以，智聰，我總不會離開你。」

智聰見我這樣說著，他也感動地說：「願我這一生，也能好好地愛著你……」

身分不同，地位不同的愛，從來不是一個夢，卻是一份，人願不願意去付出努力的經歷。

智聰，謝謝你愛著了我，從此以後，你不需再躲在角落裡，你絕對可以光明正大的走出來。我會握著你的手，一直愛你下去……

My Thoughts

—

我的讀後感

有些人走著走著，就不會再一起走下去了；
有些人走著走著，就走上一輩子了。

其實如果深愛一個人，無論如何，都不願放棄。
我總願意為你衝破所有難關，與你走上一生。
這個人，就是你嗎？

的確，曖昧、溫馨、等待，都是美好與浪漫，
然而生命中，有更多現實生活，有更多殘酷人性，有更多隱藏
的事，
這一切，都會是美好的嗎？

如果你覺得在愛中只有美好，那你應該太年少了！
人生的悲歡離合，如何去寫，都寫不完。

美好背後，總有醜陋；
然而悲傷中，也可以有著亮光。

身分不同，地位不同的愛，從來不是一個夢，
卻是一份，人願不願意去付出努力的經歷。
謝謝你愛著了我，從此以後，你不需再躲在角落裡，
你絕對可以光明正大的走出來。
我會握著你的手，一直愛你下去……

我會堅強的，我會去尋覓更好，

但我先要放下不愛我的人，

然後去尋找我應得的愛……

我信，
我會再次被愛！

Chapter Three

I

—

　　你算一算，我們認識多少年了？從中學開始我們就認識了。生命總是流出與流入，我們能夠抓緊的，都只是短暫生命中的一瞬。生命綻放的色彩，也不會長久存在，能夠彼此相愛的機會，從來不多，能夠相愛的日子，就讓我們好好抓緊吧！

　　在大家就讀大學的時候，我們分道揚鑣了，你到了英國讀書，我卻留在香港繼續學業。大家說好每晚會透過視訊溝通，在 9 月我們還是這樣，可以彼此在每晚定好一個時間溝通，但當有著時差，每天我要等到很晚才可與你相遇，你也匆匆忙忙放學，就要與我視訊見面，其實一切，都有著困難。

　　或者，距離真的會造成很多溝通不便，慢慢地，我們的溝通越來越少了，由一星期五次，變成一星期才視訊一次。通常會選在周末周日，因為這些日子，大家時間比較好遷就。

　　但遠距離的溝通始終是有障礙的，你常常說我們都成熟了，我們的愛都穩定了，也不需太多溝通，大家心裡明白就好，而我每次和你說話，其實我在凝望著你的樣子。有時，我是感到有份迷失，我不知你是否在認真聽著我的說話。

有一次我說：「我很想有真實的擁抱。」而你說：「聖誕節就有了。」

我心很冷，我知道，人與人之間的距離，有時真的會讓人很疏離，連心都會被分隔很遠……

其實我只想關顧著你的需要，我只希望你能幸福，我總想明白你的難處，我總希望能留在你身旁，然後我希望大家能夠互相扶持。愛，就是如此簡單罷了！但我總感到，你不是這樣想，你真正的想法，我並未能觸摸得到。

勇敢和努力的去愛吧！我告訴我自己，因為生命無常，惟獨勇敢的愛，才能讓人無悔、無憾與快樂……

II

一

　　慢慢地，我們的溝通真的是越來越少，從一星期一次的視訊溝通，慢慢地變成大家都只是透過 WhatsApp 訊息文字，去交代一些日常事。

　　你告訴我，你要預備考中期試，很忙碌。你說第一次考試你很緊張，你也告訴我你在異地的生活很不錯。

　　就這樣，我們彼此好像有了默契，覺得用 WhatsApp 訊息文字，比較能深入溝通，也更簡單方便，因為沒有時間限制。現在，我們連視訊見面都沒有了，我們只餘下純文字溝通。

　　聖誕節，你本來說會回來見我，怎知你說功課很忙，也要做小組報告，所以你決定不回來了。第一年在你大學的聖誕節，我們沒有見面，我說：「不如我飛來英國找你？」

　　但你說：「香港的聖誕節放得很遲，你來到後我又很忙，我根本沒有時間陪伴你，這樣很浪費機票、金錢和時間。我們可以在聖誕節多些視訊見面，還不是更好嗎？」

　　我想起上次和你的擁抱已是很久遠的事，你承諾聖誕節會給我一次真實的擁抱，如此，其實我是很期待在聖誕節與你

見面，與你擁抱。我期待在寒冷的冬天裡，我的溫暖也能帶給你溫暖，因為從來我只愛你，從來我的心就只牽掛著你……

不過你好像未有太明白我的想法，你也不明白人與人之間因著地域分隔，真的會減少彼此的理解。

或者我要去明白，我要去接受這種距離，但在我心底中，卻接受不了。我想著，下次大家有機會見面的日子會是復活節了，無論如何，如你復活節不能回港，我一定會飛往英國找你，因為我覺得不能見面的戀愛是有著危機，最後只會帶給彼此遺憾。

臨近復活節我告訴你，我訂了復活節的機票，怎知你反應很大，你說：「為甚麼不和我商量一下？復活節假期我可有實習。」

我說：「復活節你有實習嗎？怎麼之前沒有聽你說過？」

你回答說：「你沒有問我啊！」

就這樣我們僵著了，你說：「你退回機票吧！不要再發小孩子脾氣了，我在英國真的很忙。」

我也沒有好氣的說：「你覺得我在香港讀大學也很清閒嗎？」就這樣，我們一星期都沒有聯絡，預期復活節快樂的見面，怎知現在變成一場冷戰。

III

一

　　就這樣，我和你的溝通真是越來越少，有時候我也不知你是不是已經不想再和我聯絡了。很多時候我告訴你一些事，你只回覆一個表情符號，有時候是甚麼都沒有再回覆了。

　　你也沒有很多將你近況告訴我，在香港，我覺得一個人讀著大學很是孤獨，身邊沒有了你，總是一個很大欠缺。你說我應該找朋友談心，朋友我是有的，但是卻不能代替你。我想著在中學階段，我和你一直都走在一起，或者我是習慣與你在一起，我不能習慣沒有你，更不能習慣你不在我身邊的日子。

　　或許習慣對一個人來說，是戒不掉的事，特別是人對感情的倚賴。突然間你不在我身邊，我是覺得很難過。

　　我將我的需要和情況告訴你，怎知你又說：「你要學習去習慣和適應寂寞，其實我在英國讀書三年，完成學士學位後，我會再多讀一年碩士，大家都要克服和面對一點分離時間。在暑假，我會回港一段較長日子，我們多一點溝通和一起去旅行吧！」

　　我知道從聖誕節到復活節再到暑假，是一個多麼悠長的盼望，如果一對情侶這麼長時間沒有見面，只一直靠著視訊和

文字溝通，是否真的可以捱過一切？但是要等待的，是我深愛著的你，我惟有好好等待，我期待四年以後大家畢業，我們就可以有著美好和幸福的將來。

　　人生是需要經過歷練，才能擦出美好，我相信這一份歷練，我們一定可以捱過，因為曾經我們的愛，是如此的有根有基⋯⋯

IV

—

暑假，你回來了⋯⋯

第一年暑假，我們開心的在香港度過一些日子。我們走遍香港名勝，也吃著地道食物，你很高興，你也很愉快。然後我們一起到泰國作了一次短旅行，或者這一年來，我第一次感受到快慰，或許一年沒見，原來我和你要說的話真的有很多，或者在我面上，你也見到了我的笑容。

原來遠距離的相處，是多麼令人難過；而近距離的接觸，是如此的真實和美好。

很快又到 9 月，你也要再次離開我，我真的捨不得你！

或者人經歷過快樂以後，要再次經歷傷痛，實在是不容易，也讓人不想去面對再一次的離別傷痛。

然後你說：「我們大家都要成熟一點，有時候一些遠距離的相處，讓大家能夠有更好的勉勵和祝福，並學習更多獨立自處。」

在機場我緊緊的擁抱著你，送你入閘以後，其實我的眼淚就控制不了般，慢慢地流下來。這次我知道，我和你又要分開一年了。

這一年，其實比之前一年更難過，因為我知道你聖誕節、復活節也不會回來，我是連一點期待的快樂都沒有了。你已經很清楚告訴我這一年，是不會回港的了。

有一天，我無意中在社交媒體的一個公開帳號看到一張照片，是你和另一位女生的合照，我想著你在英國，應該會有不同朋友，但這張合照，總讓我感到不是味兒。

我直接問你，照片中的女生是誰？你卻說：「沒甚麼，只是普通朋友罷了！」

從來我都相信你，我們都相處這麼長的日子了，如此我不再將這事放在心上。我和你其實已經認識六年，從中學到現在，我相信未來我們都會走在一起，我們應該互相信任，否則就很難繼續走下去。

然而我和你的溝通，真是越來越少，慢慢地我們連文字溝通都沒有了，你連我的文字留言，都不再回覆了。

你說：「我真的很忙，我真的沒有很多時間回覆你的訊息，或許有空，我打一次電話和你傾談，好嗎？」

是的，就如此，有時候你兩星期會打一次電話給我，有時候你一個月才打電話過來，有時候你會和我傾談半小時，有時候大家也會傾談久一點。你說這種電話溝通，比日常不斷文字聯絡還好。

其實我沒有可以反對的能力，你說甚麼，我就只有聽著，其實我覺得我們應該利用文字和電話作溝通，而不是只有單一電話溝通。

大二那年暑假，你沒有再回來了，你說要在英國實習，如此我有一年時間不能見到你。

V

一

　　或許女生有時候也是有些敏銳的觸覺，其實我會知道，你是否真的對我好，我總覺得你應該是另有對象了，只是你總不肯承認，我也沒有辦法去查證。

　　或者你也有你在異地的需要吧！你也有你在異地的寂寞吧！你是否已經結交了另一人了？如果你坦白和我說，我會和你分手，我接受不了別人和我分享男朋友，請你也不要浪費我的時間。

　　今晚我直接問你，為何這樣疏落的聯絡我？是否交了另外一些異性了？我想著曾經你和另外女生的合照，應該是真有其事，只是之前我對你實在太信任！

　　怎知你斬釘截鐵地回答：「甚麼人都沒有，我只是比較忙！我已經很忙了，你不要再加添我的壓力了！」

　　就如此大三大四兩年，我都在香港過著寂寞的日子。其實我想著，你究竟是在浪費我的時間嗎？在我身邊其實還有人待我好，只是我對你從來都是專一，其他異性我也保持距離，我只想等待著你。

今天我終於在你社交媒體上，見到那位女生了！今天你用最狠毒的方式與我分手！

在你社交媒體上，你上載了你和她的合照，公開了你們的關係。我完全不敢相信自己的眼睛！從來你的社交媒體並沒有我的照片，你一直說：「我的社交媒體主要是用來看別人，不是給別人看我，我不會放甚麼照片上去。」

我曾說：「我們的關係，真的不能公開嗎？」

你說：「不用了！我們的關係是屬於我們兩人，與其他人無關。」

這麼多年，一直我們都相安無事，我以為這樣是彼此約定俗成的相處方法，怎知今天，你卻公開了與別人的合照。

是的，我的心都碎了！原來你一直欺騙我，還欺騙了我這麼多的日子！而我卻一直蠢蠢的在等待著你！

我 WhatsApp 訊息問你，究竟發生甚麼事了？然後你都把我的帳號封鎖了。

我從未見過這一種狠狠的分手模式，不單不說一句交代的話，卻更在社交媒體交代一切，就是，你已經有別人了！

我們一起前後八年，原來這八年的日子，會換來這麼一個難堪的結局。我會記著的！我只可以說，我恨你，餘生我都不會原諒你！

　　或許女生從來要做的就是聰明一點，不應一直傻傻的去等待。

　　我會堅強的，我會去尋覓更好，但我先要放下不愛我的人，然後去尋找我應得的愛……

VI

—

原來恨一個人是很辛苦的一件事，或者我現在連結交其他人的心力和心思意念都沒有，我實在感到很難過，很受傷。

但是我一定會重新出發，你根本不值得我再為你難過。從來生命中，我就值得更好！

我一定會結交到愛我的人，我一定會走出陰霾。或者我以後真的要學聰明點，人與人之間不只有信任，還要有持續美好的溝通。

其實我一直結交不到其他異性，或許這一次傷害對我來說，實在太大了，在我心，我總沒有勇氣再去結交新對象，更遑論投入愛。

在我心底，實在害怕會被對方再一次狠狠撇棄，我總是不夠膽再踏前多一步。

不是沒有人對我好，不是沒有人對我表達愛意，但是我就是不能再接受任何關心和好意。或者在尋覓愛之前，最重要的就是先療癒自己的傷口，讓自己願意再相信別人，相信這世界還有善良、正直的人去愛我。

曾經我的眼淚流了再流，曾經我的心像死了一般，曾經我一星期都沒有怎麼吃飯。曾經這些經歷，實在讓我很驚懼。

　　或許被人突然放棄，是一次很慘痛的經歷，但是當我克服傷痛以後，我相信我就可以再次被愛，但是我可以如何克服呢？或許是有人願意給我滿滿的安全感，滿滿的愛，如此，我才能夠在愛中再次踏步。

　　這個人會出現嗎？我相信會的，求神幫助，讓我能夠再次被愛，亦有再次去愛的信心與力量！

　　神啊！求你賜我力量！願我在往後的日子裡，能夠仍然有信心尋覓心中所愛，亦仍然能夠有人愛我，我仍能夠勇敢的去接受愛。願神賜我智慧，在付出愛中學懂聰明，願在我生命中能夠有著良人，和我好好地一起走下去！

愛我的人會再次出現嗎？
我相信會出現的，求神幫助，
讓我能夠再次被愛，
亦有再次去愛的信心與力量！

是否很多人在生命中，在現實裡，

是和一個人生活著，

然而在心中，卻住著另一個人？

現實的愛，心中的愛，
總是相違？

Chapter Four

I

一

　　我和 George 走在一起已經很多年了，但其實我心中，似乎又有著另一個他。兩個他是完全不同的人，一個初來我生命中，在我日常生活中出現；而另一個他，就一直與我的心結連在一起⋯⋯

　　這是人生一場怎麼樣的愛？

　　是否很多人在生命中，在現實裡，是和一個人生活著，然而在心中，卻住著另一個人？

　　我在中學時就認識 George，那時 George 在學校很出名，他籃球了得，戲劇了得，唱歌了得，各方面都很強勁，他的確是一位萬人迷，而我，成績也很優異，我總是考上全級首幾名。一個有才華，一個有成績，大家都說我們是絕配。優異的女生和優秀的男生大家互相吸引，這真是美好的童話故事。

　　高中開始我就和 George 走在一起，大家都感到很愉快。在大學時，我們分道揚鑣，就讀不同大學。大家畢業以後做著不同工作，他是一位電腦工程師，而我是一名註冊護士。就這樣，我們愉快地生活著。有時候我覺得人生，真的是滿足和快樂。

George 的工作其實比較忙，很多時候當有大型工程時，他都會廢寢忘餐。George 中學時風頭一時無兩，然而在現實生活中，他除了工作以外，就沒有很多娛樂。他每星期都會相約朋友打籃球，或會約朋友玩玩 band。總之他有空餘時間，大部份都不在家。

我們一直沒有小孩，因為他覺得人生還有很多豐富片段，他覺得小孩會羈絆著他。而我的工作需要輪班，我也並不太希望有小孩子。

就如此，我們一直膝下猶虛。George 有他的私人生活，而我卻似乎除了工作以外，就沒有其他了。我的生活，我的工作，就是如此簡單和平淡。

曾經我和 George 生活很愉快，但慢慢地我發覺，其實我們已經是一場久違了的婚姻，或許婚姻的平淡如水，就是幸福吧！但我和 George 之間，其實生活得平淡至，連我自己都感到吃驚。

II

一

　　在工作崗位上，作為一位護士，我常常要接觸很多不同病人，也會接觸醫生及其他支援人員。或者當護士，我是比較細心，我總很認真地對待我的病人。很多病人及家屬都不約而同地讚賞我說：「你常常盡心盡力照顧病人，有時下班以後，應該脫下制服，但你還會多留半小時至一小時去幫助我們。」

　　是的，護士這一行脫下制服就下班了，但有些病人我跟進著，我還是想跟進完成才離開。有時我回到家，我還會蒐集一些資料，看看可以如何更多幫助他們。很多時我也會看看有些甚麼安慰的話適合鼓勵病人和家屬，因為我相信，人在病患中，有時最需要的未必是醫藥，而是鼓勵的話語。

　　Peter 是這間病房的主診醫生，我們這間病房，主要負責老人科，病房總常遇上很多生離死別的事。或者我不單需要安慰長者的心，其實我更需要安慰其家人的心。

　　Peter 是資深醫生，其實我和他常常都需要合作，我們也實在很合拍，有時候我們會相約一起午飯。我常常問他：「你年紀都大了，為何還不選擇一個伴侶？醫院有很多護士，年輕又漂亮，有些就很成熟，有知性美。」

Peter 說：「我不打算談戀愛，我的工作實在太忙，我沒有心思結識異性啊！」

我望著 Peter，沒有再說甚麼，但不知為何，Peter 特別喜歡找我吃飯談心，或許他當我是一個很好的朋友。他知道我已婚，我也知道其實他也在尋覓對象。有時候我會取笑他一下，有時候我又會鼓勵他，去追求病房中一些優質的護士，但是他總沒有甚麼行動。

有一次，有病人情況非常危急，Peter 決定即時做手術，我知道 Peter 已經當值 16 小時了，他非常疲累，作為資深護士，我迅速幫他搜羅一切，安排一切。他每一次要做大手術，我知道他心情都是很緊張，他完成手術回來以後，我總會讚賞他，然後要他好好回家休息。我知道做手術總有壓力，何況 Peter 是一位盡心盡力盡責的好醫生。

或者很多時，人與人之間的接觸，是一種慢慢的溫熱。不知為何，在芸芸護士中，Peter 就是喜歡我，或者他覺得我已婚，比較安全。其他未婚的，如果和她們吃飯，可能會被誤會。或者我與 Peter 有著同一宗教信仰，有時大家一起談天，都感到很舒服。

就如此，我們一星期總有幾天會一起午飯。其實吃飯的時間不長，只有一小時，我們都是匆匆忙忙的把飯吃完，但原來這種日積月累的情感堆積，感覺是很良好的，而當中情感累積的威力，也不能小覷。

III

一

　　每天我回到家，其實都很累，對著 George，我都沒有甚麼話想說了。而 George 同樣也沒有甚麼話想和我說，我和他的相處，慢慢變成一種淡然。

　　George 今天要去練球，後天他也約了朋友晚飯，他總是不在我的視線裡。我有認真與他談過，我覺得大家再這樣下去，未必是一件好事，然而他好像聽不到我的話一樣，依然故我。

　　George 說，他的私人生活很重要，我明白的，從中學時期開始，他就有著多元化的發展；而我，只是一個專門努力讀書的優秀學生。其實大家一開始就有著不同，結婚以後，或許大家真的需要慢慢調適，但似乎調息過後，也只是大家一種無奈和淡然式的接受著現況，繼續不會改變的生活方式罷了！

　　慢慢地我對 Peter，在心中好像多了一份期待；我對 Peter 在心中，多了一份被明白，被了解的期待……

　　今天我知道 Peter 要暫時調離老人科病房，轉去另一內科病房，我突然心中感到很大的失落，午飯時我跟 peter 說：「你到另外病房後，還會來找我吃飯嗎？」

Peter 說：「當然會，新病房只是在樓下而已。」

就這樣，我突然發覺自己，原來是很需要 Peter 的……

或者有時候，我心是有種不安，就是究竟我這樣，會不會對不起 George？但我自問，我仍然是愛著 George 的。Peter 對我來說，只是一個很要好的朋友。

我生日那天，Peter 送了一份很大的禮物給我。我打開來看，是一盒很名貴的護膚品，我問：「為何送我這禮物？」

Peter 說：「你要輪早班，又要值夜班，常常日夜顛倒，真的需要一些適合的護膚品去保護皮膚。」

我心中真的感到很喜悅，但是我面上就怪責 Peter 說：「下次不要這麼浪費了，這品牌很昂貴，我也用不著這麼昂貴的化妝品呢！」

其實我心裡是激動的，每年生日 Peter 都送我禮物，他總是親自用心挑選，他總知道我的需要……

今晚回家我等著 George 的禮物和慶祝，但 George 居然不在家。我訊息了他，他也一直沒有回覆，然後我致電給他說：「你不記得今天是甚麼日子嗎？你是否想給我驚喜呢？」

怎知 George 真的問：「今天是甚麼日子呢？我約了朋友晚飯。」

我心突然冷了一截，我本想一早提醒他今天是我生日，我知道 George 一直沒有記性。或許我就是想看看，他究竟會不會記得今天是我生日……

但原來，人心真的不可隨便拿來測試，測試出來的結果，許多時只會讓自己徹底失望。

就這樣，我跌坐在沙發中，我實在不能夠相信，我和 George 走在一起這麼多年，他會這樣對待我。

George 回覆我說：「對不起，生日快樂！我回來會買糖水和蛋糕給你，明天再補吃自助餐慶祝，好嗎？」

我想著，他只是和朋友吃飯，為何不可以提早回來？是甚麼朋友，比我生日還重要？突然，我的心冷著，再冷著……

人心的被溫暖，是需要一點一滴的被加添著愛；然而人生的被冷落，卻可以是一下子發生的事。

我走到 George 的書房，打開他的電腦，是的，全部都鎖上密碼，沒有一部能夠打開。從來我對 George 都是信任的，

因為我們走在一起，實在很多年了，但這次，他實在令我太失望。

　　我四周看著，打開一些抽屜，看看有甚麼可以看，但是甚麼都沒有。一向 George 都很謹慎他的私人電話和電腦，全部有指紋密碼上鎖，如此我甚麼都沒有發現。或者是我自己想得太多……

　　我捧著 Peter 送給我的護膚品，不知為何，我的眼淚，一滴一滴的流了下來。在醫院一個同事，一個好友，記著了我的生日，願意送我一份特別的生日禮物，而我結識這麼多年的丈夫，卻是如此對待我！

　　或者，我不是想去比較，但是，當中的落差，實在是太大了！

IV

一

有時候或者婚姻，都不只是一些承諾，當中真的需要大家不斷努力去經營。

第二晚，George 為我好好慶祝生日，他訂了酒店自助餐和我慶祝，我也化了一個淡妝，穿了上好的衣服。吃著晚餐時，我想著，我們很久都沒有這樣認真的約會了。

或者在日常生活裡，我們並不缺豐足，但卻缺乏火花。或者我慢慢發覺，可能我要說的話，都在醫院和 Peter 說過了，如此我和 George，就再沒有甚麼話可說了。

這晚我們吃著自助餐，也只是說著大家要吃甚麼，那種食物味道較好，跟著我們似乎，再沒有甚麼特別深入的傾談了。

我問 George：「最近忙些甚麼？」George 回答：「我和朋友組織了一隊足球隊，最近比較多練習。」

我認真的問：「昨晚，你和誰吃飯呢？」George 說：「我就是和足球隊的隊員吃飯，希望大家可以做好接下來的比賽。」

我再問：「那你為何不盡快回來與我慶祝生日呢？」

George 說：「因為正在談著各種籌辦細節，不好意突然提早離開，加上我就算提早離開和你吃生日飯，時間又不太夠，所以不好意思，我寧願今天補吃，時間會鬆一點。昨天也忙，沒有機會向你詳細解釋，我真的感到很抱歉。我從來都不會忘記你的生日，昨天我實在是太忙亂了。」

我想著，要記著我的生日，都不應該是昨天才去記著吧！要去慶祝我的生日，應該一早就有安排和部署吧！正如 Peter 買禮物送給我，都不是昨天才買吧！

有時候人與人之間，有些對對方有傷害的話，還是不要說吧！因為說出來，對事件並無特別幫助，反而只會加添大家心中的刺。婚姻中的相處和生活，很多時候就是在不斷製造很多的刺，深深的刺入對方心中……

跟著我問：「你好像沒有預備甚麼生日禮物給我。」

怎知 George 這樣回答：「我們都認識這麼多年，都不用送甚麼生日禮物了。」

是的，我們之間的儀式感真是越來越少了！甚麼結婚週年紀念，一早大家已經沒有再提起；有時只是一些重大節日，

如聖誕節等，我們才會慶祝一下。有時大家工作忙，連慶祝都沒有了。我發覺現在連我的生日，他都忘記了。

我們的婚姻，我們的感情，其實還餘下甚麼？我想著我們的婚姻，真是平淡至讓人吃驚和不敢目睹的地步了！

我不知最初我和 George 是如何走在一起，有時我會覺得，可能只是我個人認為婚姻有問題，可能只是我感到和 George 沒有甚麼話可以說，或許 George 對婚姻是感到很滿足的，從來在 George 身上，我見不到他有甚麼不滿意和不高興。

那 Peter 呢？是的，其實我知道 Peter 對我特別的好，但他沒有甚麼非份之想。不知為何，今晚在和 George 的整頓晚飯中，我都想起了 Peter……

有時掛念一個人，不是需要說著一些甚麼話，我知道對 George 有不對，但實在，我也控制不了自己這種心思和意念。

V

一

若然你問我，其實我是愛 Peter 多於愛 George 嗎？我
都不知道答案。我對 Peter 是越來越喜歡，更開始投入了愛。
人心肉做，當一個人不斷待你好，另一人卻對你不聞不問，在
此消彼長下，你是會將對一個人的愛，慢慢交給另一個人。但
在我心中，對 George 仍然是不捨的，我其實也不想背叛他。

George 我是不會放棄的，因為每當我回想在中學時，我
和他愉快的日子，那時我們天天放學談天，談至不願回家，然
後回到家繼續用電話傾談著，我心裡還是感到很快樂。

那時真的不知道，為甚麼我們可以有這麼多的話題。你
若問我，我們是談了甚麼，到今天當然我已經忘記了，主要都
是談著學校、功課，有時是談著事情、人生。談著談著，天就
黑了，然後我們又期待明天的見面。

如果我們以這樣優質的感覺去迎接婚姻，我不明白走到
今天，我和 George 為何會彼此好像走失了。是的，曾經傾談
的愉快，都只是曾經了……

我心中感到的愉快，其實只是在回憶裡。可能有一天，當這些回憶都被消耗掉，我和 George 之間，就甚麼都再沒有了！

關係，從來敵不過現實中的冷淡。在時間磨蝕以後，一切曾經最上好的關係，最終，可以甚麼都沒有了。

今天我和 Peter 午飯時，我問他：「為何你還沒有找到理想對象可以好好建立關係的呢？你年紀都開始大了。」

其實我是想試探 Peter，怎知他這次真的很認真地說：「我喜歡的人，都已經結婚了，我還可以再選擇誰呢？」

我心震了一下，我不知道 Peter 會如何說下去。如果他說那個人就是我，我也真的不知如何面對，但我相信，我心裡會很快樂。

大家都沉默了一會，我等著 Peter 繼續說話，這個等待，好像有一天那麼長。然後 Peter 說：「Eva，我知道一直你在醫院裡都很受歡迎，我一直都很欣賞你，所以我特別喜歡與你吃飯，和你溝通。其實不知不覺中，我發覺我喜歡上你了，我知道這是沒有可能的事，因為你已經有丈夫，你已經有家庭，我真的不好意思再打擾你了。」

大家都是成年人，或者我知道 Peter 這次表白，其實也是想知道我的反應。當然他也想將他的情感全部抒發出來，因為壓抑著情感，也是很辛苦的事。但是你叫我怎麼回應呢？

　　我掩飾著心中的激動，對 Peter 說：「我明白的，其實我們做著好朋友，不就可以嗎？好朋友反而可以是一輩子的事呀！其實我也很喜歡你，但就止於喜歡罷了！」

　　其實我多麼想對 Peter 說，我不只喜歡你，我還很愛你，但是我實在說不出口，或許因為，我對 George 仍帶著感情。

　　在婚姻中我都是認真的，我是愛 George 的，然而我要的愛與關心，他卻沒有給我。所以在婚姻關係上，我是很想愛丈夫 George，但今天在我心裡，其實開始愛著 Peter。

　　這麼多年和 George 一起，或者走到今天，我真的對他連點點愛都沒有了？或者我打一個比喻，我和 George 的愛，是一場美麗的夕陽，很壯麗，我看著看著，仍然沉醉；可惜這美麗的夕陽，慢慢沉下去，夕陽美麗的光芒，也快將消失。而我和 Peter 的關係，卻像慢慢升起的朝陽，越放越光亮。

　　若然你問我，我究竟最愛誰？或者其實，兩人我都愛，不過夕陽的光開始慢慢退減，夕陽快要退下了，天色開始昏暗了，溫暖開始沒有了，當中再沒有溫度了，我越來越感到冷了⋯⋯

另一邊，朝陽慢慢升起，Peter 給我的愛，每一點一滴我都真實地感受到，我是覺得越來越溫暖。

如果 George 願意由夕陽改變為朝陽，待我更好，更努力關心我，我一定會堅定地選擇他，因為我一直都愛他；我和他從年少就開始相識，有著多年感情，我真正愛的人，其實是他。

但或許這份愛，真的隨著時間開始褪色了，一切光芒，都再沒有了；我已經付出很多努力，似乎都挽回不了。

或許 Peter 的出現是一個推動力，讓我有著比較時，更想離開 George，投入於 Peter 的懷抱吧！

我想著 Peter 如此欣賞我，關心我，我和他之間真的有著美好的交流，如果大家做著朋友，或許關係是可以一直延續下去。

或者我仍然想看重婚姻這承諾，我和 George 的婚姻經歷這麼長的日子，我想總有一些高潮，又有一些低點的時候，不可能每一刻，每一年，大家都相處愉快的吧！

有時候，婚姻或許是兩個人合資買房子，然後住在同一屋簷下，一起去排解寂寞。或許有時在排解寂寞中，大家都有

各自的夢，都有各自的想法，甚至在各自心中，有著各自喜歡的人。

現實中，我還是想選擇和 George 住在一起；現實中，我們的確是一起生活著。承諾，我想還是值得被保持的。

但是在承諾中，在生活上，我慢慢地再經歷和感受不到愛，其實，這還是一個愛的承諾嗎？

有時我想著，究竟我是否已經移情別戀了？還是 George 已經一早移情別戀？ George 的移情別戀對象，並不是女生，而是一些屬於他的興趣和生活，當中並沒有我⋯⋯

VI

一

或許女生的感情被激發以後，有時真是一發不可收拾⋯⋯

我對 Peter 的表達深感震憾，也心存感激。其實一直我都很欣賞 Peter，其實一直我心中也有愛他，只是愛他的心，不及愛 George 那麼多吧！

或者我的行動，其實已經告訴 Peter，我有喜歡他吧！我和 Peter 繼續常常一起午飯，有時大家也會相約吃晚飯。休假的時候，我們還會相約到郊外走走。有一天 Peter 更拖著我的手，在他車中親吻了我的面額，然後慢慢地大家繼續親吻下去⋯⋯

我並沒有拒絕，或者我覺得有一個人疼，是一種溫暖，但同時也是一種罪惡。這一場親吻，是帶著彼此的愛，而 George 好像已經很久都沒有親吻我了。

是否我給自己找著婚外情的藉口？我只可以說，有時人與人之間感情的流逝，是在不知不覺間的，但同時另一方面，對另一人的感情，又會在不知不覺間累積。在此消彼長下，我實在也控制不了自己的心。

其實我是希望 George 更好的對待我，這樣 Peter 就不能乘虛而入。我其實只是一個普通女人，我也需要被愛的溫暖，我也需要被愛的溫柔，以及被別人記在心底裡的幸福……

今天晚上我本打算對 George 說抱歉，我本打算告訴 George 有 Peter 這個人，希望 George 能夠更多珍惜我，但最後我還是甚麼都沒有說，因為第一，我沒有勇氣；第二，我可能承擔不起說出來的後果。

或許當我將一切說出來以後，可能對我和 George 的關係一點幫助都沒有，反而增加我們彼此間深深的嫌隙。

我想著 George 有他的工作，有他的生活模式，我從來都干預不了。他常常說，他最大的快樂，是有著我，因我總不干預他的生活。他的快樂，是他有著工作，有著朋友，和有著他的興趣，而他也同樣沒有干涉我的生活。

今天晚上，我和 George 在家中吃著飯，或者對 George 來說，我們二人一起簡單地吃著飯，就是一種最好和最幸福的狀態。

或者一直變心的只是我，其實我只是想有更多的被關心，更多的被明白，以及更多的愛，但好像 George 一直都沒有給我……

　　其實我對 George 是失望的，或者我每次和他吃飯，他都沒有認真地與我分享，他也從來沒有主動約我出外認真地吃一頓好的，我們只在家中烹調。假日的時候，他也沒有邀約我外出走走，我邀約他，他總是坐在家裡休息。很多時候，我們都是在家中簡單煮吃，他只用十分鐘就吃完晚餐，跟著他就做著自己喜歡的事，大家總沒有甚麼深度交談。

　　對這種平淡枯燥的生活，其實我已經是習慣了，但習慣了，不代表我是會接受。有時候心就是這樣一步一步的想離開平淡，想離開心中並不滿意的生活。

VII

一

　　今天，我嘗試再與 George 認真對話，希望解決一直以來我的心結，但原來我還是沒有開口的勇氣。我真的不知怎麼打算時，或者我仍然讓心中真實的愛與現實平淡的愛，一起並行著吧！

　　在家中，George 仍然是我的丈夫，但在工作場所上，Peter 卻是我的情人……

　　其實 Peter 是知道我的想法，但他並不介意。或許 Peter 也喜歡這樣一個狀態，因為可能他也不是想完全擁有我，他也不想擁有婚姻，或者他只想要一個愛著他的人而已，否則他會要求我離開 George，但他一直也沒有這個要求。

　　我仍然繼續和 George 生活在一起，但同時我也繼續和 Peter 一起相處。這種狀態沒有特別的前進著，也沒有特別的後退。我和 George 還是平淡的生活著，我和 Peter 仍然是愉快的交往著。

　　其實這究竟是一種怎麼樣的感情狀態？或許這就是一場現實的愛，與內心真實的愛的交戰……

你問我最真實的愛是給了那一位，其實我是愛 Peter 的，因為他給我很多的快樂，然而他卻沒有打算長久與我一起，又或者他也覺得這是犯罪，所以他也提不起最後這一步。

又或者最真實的愛，應是回到家，仍然可以和信守一生承諾的人，生活在同一屋簷下。

有時候我想著，這和精神分裂有沒有分別？有的，就是其實我知道自己心中，最愛是誰，但基於承諾，基於現實，我也要繼續守在一段平淡的關係中。

或許有時候，人生就是這樣，愛著的人並不能走在一起，因為我們相遇的時間已經是太遲了，但和已經不太愛著的人，卻一起生活著。

我只盼望有一天，我和 George 可以再一次深愛對方……

若你問我，會不會停止這種似乎是心靈犯罪的生活？我想不會了，因為我的確有被愛的需要。這數年，我根本感受不到 George 的愛，但我卻感受到 Peter 一直對我默默的愛。我還是需要被人去讚美，被擁抱。George 很多時候，甚麼都沒有做，而 Peter 卻常常溫暖地擁抱著我。

或者我發現，一個簡單的生存方案，就是將現實的愛與內心真實的愛分開著。若然你問我這是否不道德，我也不知怎麼去解釋，在我心裡的確是愛著 Peter，但我又可以如何呢？難道我要放棄 George，走向 Peter 嗎？

　　其實 Peter 也不想破壞別人婚姻，他也擔不起這個責任。我也不想傷害 George，因為我覺得 George，其實一直單純地愛著我，一直信任地，與我一起生活著。

　　曾經我問 Peter，你是否想和我走在一起？他不置可否。就這樣，我和他都沒有再進一步。我會覺得這樣在心靈上愛著 Peter，或者對我來說是最好，最簡單的吧！雖然感覺上有一點點的不道德，但是我和 Peter 還只是在心靈上的交往，其他更進一步的肉體接觸，是沒有的。

　　我想，人總有情感需要，有時人在一生中，情感生活可以如何走下去，我也不知道，但在我心中，的確是愛著 Peter，這還是真的……

　　或許我仍然保留著和 George 的關係，就是我感到我和 Peter 的關係並不牢固。有一天 Peter 若然離開我，我還是可以繼續和 George 一起。你說我是自私嗎？或許是吧！但如果沒有自私，我會感到很寂寞和沒有安全感。

　　或許有時在世上，沒有必然的幸福，以及一直走到尾的婚姻。我不是沒有想辦法去解決問題，但是似乎，這不是我一個人去努力，問題就可以被解決。人生走著走著，或許不是所有事，都是圓滿的吧！

　　有時在晚上，我想著我現在究竟是快樂，還是不快樂呢？我知道我並不是真正的快樂，我並沒有真正的平靜與安穩，但我知道 George 應該是快樂的，Peter 也是快樂的……

或許有時在世上，沒有必然的幸福，
以及一直走到尾的婚姻。
我只盼望有一天，我和 George，
大家可以再一次，深愛對方……

My Thoughts

—

我的讀後感 -I-

愛，從來是需要透過生活細節去彼此加分，並互相在對方感情戶口中存款。
愛，不可能只靠感覺去度過。

其實每天，我們都平凡地生活，
人也總會數算著對方在我身上，究竟投放了幾多的愛。

如有一天我發現，我投放的愛比你多，而你對我投放的愛卻越來越少，
這段關係，彼此最終會越走越遠。

我會想，我寧願自己好好生活，也不想不斷地投入愛，
我更不想在投入愛與期待後，最終沒有收穫。

寫作小說，我只訴說情感，不講道理。
小說的功用，或許就是讓人更多檢視自己，也看清別人。

明白自己，理解別人，有時都並不容易。
無論如何，歡迎重讀故事，
並能在生命中，在人與人之關係中，有時作適度調節，
不為甚麼，就是為著尋回，最起初的那一份愛。

人很多時候以為關係穩定了，就不再努力了；
很多時候以為平淡關係就好，但走著走著，就甚麼的愛，都再
沒有了。

從來關係，都需靠著相互努力去維持，
否則，愛，真會一去不復返的。

My Thoughts

—

我的讀後感 -II-

一直，我都是做文學創作，並非寫心理文字。

文學創作，就是透過人物心理描繪去帶出故事，不加建議，不加詮釋。

每完一故事，就讓讀者自己體味。
透過人物本身性情與思想，讓讀者更多明白人性，或許，是更多明白自己。

而一直，魯迅是我喜愛的作家。
他擅寫短篇小說，刻畫人物功力尤佳，
總透過書寫舊時代人物，剪影著舊社會的陋習。

在【孔乙己】中，我見到舊書生的無奈；
在【祝福】祥林嫂身上，我見到迷失、迷信與迷惘；
在【藥】中，我見到人心在愚昧中的被毒害。

其創作故事雖短，但卻字字有力；
其故事調子雖陰冷，卻充滿激昂的反思。

魯迅是劃時代作家，作品有著深刻社會意義，
我當然絕不能與其攀比，我只寫人世間愛情。

從來深刻的人物心理描寫，第一人稱的表述方式，都是我喜愛
的文學創作手法，希望讀者也喜歡。

若你問我，我所寫內容，孰真孰假？
我也只如此回答：「沒有全部真，也沒有全部假。」
我只知道，每完成一故事，我都會落下感動的眼淚。

或許對一個擁有高敏感度的人，腦袋總不斷思考的人，
寫作，能讓我在似實還虛中，釋放自己情感，尋獲了快樂。

在【現實的愛，心中的愛，總是相違？】中，你能感受到女
主角的無奈嗎？
若你是她，你會如何做？

感謝在網上連載中，不斷有讀者提出意見及發表感受，實在讓
我獲益良多，再三玩味。

短篇小說雖短，但也用了我很多的力，希望讀者們會喜歡。

今天，你已經是專業人士了；
然而，你已經不在我身邊，
因為，你已經選擇別人了。

Chapter Five

在得到與失去愛之中
我漸漸學懂珍惜

I

一

在黃昏街頭，金鐘與中環一帶，就是高樓密佈。

我想著，你今天，已經是專業人士了；然而，你已經不在我身邊，因為，你已經選擇別人了。

我知道，從來每一場戀愛的結局，只有兩種：一是大家可以一起繼續走下去；另一種，就是只有我自己孤單一人在心中愛著你；或是在我心中，都已經把你遺忘了。

我覺得我已是忘記你了，我只是偶然見到某些場景，才會想起你罷了！

●●●●●

或者入讀法律系，一直是我的願望，因為未來，我很希望能夠在法律界發展，成為一位大律師。

在大學，我認識了你；這是我人生中最愉快的日子；雖然讀法律很艱辛，我們都用上很多努力去預備，並與功課及考試拼搏，但對你來說，讀法律卻一點也不艱難，因為曾經，你在中學修讀歷史及英國文學，你的英文及思維能力總比我好；

而我，卻是讀理科出生，修讀屬於人文科學的法律，對我來說，實在要用上加倍努力。

我從來在數學上是比較優勝，當然讀法律講求邏輯，亦需要有很強數學根底；然而，在修讀法律條文時，我始終沒有你的聰穎；在記憶及分析上，有時我總是感到力有不逮；在分析案件時，我始終比你略遜一籌。

在大學四年，你卻總願意無條件的幫助我；我知道，這四年中，你給我的，是一份不能替代的愛。我和你，大家其實已有一個默契，就是未來，我們會一起走下去。

是的，我從來不會忘記，這四年大學生活快樂的日子；在我心中，只有你；我相信，在你心中，亦只有我。

然而人生，從來快樂的日子，都不會長久；曾經我以為，我們一定會繼續一起走下去，但原來一切，在現實底下，最終所有影兒，都會幻滅。

II

一

　　在香港修讀法律學位以後，還需要報讀香港法學專業證書課程 (PCLL)，修讀一年以後，再通過實習，才可正式成為香港執業律師或大律師。

　　然而，我在大學四年，其實已經很努力，但我的成績一直不太好；或者理科學生，總是較欠缺一些文字上的理解和表達能力。

　　香港法學專業證書課程的入學要求很高，如未能在大學取得高分數，基本上畢業以後，是不能修讀這課程，也即是說，大學畢業以後，我只會是一位法律系畢業生，並不能成為香港執業律師或大律師。

　　入讀香港法學專業證書課程，絕對是每一位法律系畢業生的終極願望，但課程收生率，卻只有約六至七成。即是說，有大約三至四成法律系畢業生，是未能正式成為律師或大律師。

　　在這高競爭性的環境中，這四年，我實在已付出很多努力，但最終，我還是與法學專業證書課程無緣；然而聰明的你，卻考上了。

很多人都知道，法律系中的男女朋友，每當到了這關口，如果大家路徑不同，就會分手，因為彼此的鴻溝只會越來越大；將來，你會成為執業律師或大律師；而我，只能夠在法律界的一些崗位上打拼。

　　人生從來就有著很多關卡，以為已經入讀最高學府，入讀最優秀科目，但最後卻落得如此下場；其實在心理上，我是感到很難過。

　　畢業了，我只好出來尋找法律相關工作。

　　不過，你仍然對我不離不棄，仍然不斷安慰我說：「其實大家都走在同一路上，大家都是同行，沒有分別的。」但我心裡知道，將來你會是一位專業的律師或大律師，而我只是一位法律系畢業生罷了！

　　在你修讀法學專業證書課程時，其實我也在努力，嘗試修讀其他法律課程；然而我知道，我似乎真的不太適合再讀下去；或者我發覺自己，其實並不太喜歡法律，我是喜歡理科；科學研究給我的滿足感，似乎比較大。

　　是的，我知道這世上，有著很多不同類型工作；我對市場學、人事管理學等，其實都有興趣；如你所說，天無絕人之路。

在你修讀法律專業課程這一年，你很忙碌；我知道這一年對你來說很重要，因為課程以後，還要通過實習，你才可正式成為執業律師。

從前我們在大學，總是形影不離，有說有笑；我和你都住進宿舍，有很多見面時間；基本上我們可以天天一起晚餐。而現在，我們一星期都見不上一面，有時甚至兩星期，你都說功課很忙，實在沒有見面時候。

其實我心慢慢開始冷下來，我總感到有一份不對勁的氣氛在我們中間蔓延著。

這天晚上，你約我出來晚飯；飯後你很冷靜的對我說：「不如我們分手吧！因為我實在感到很忙碌，我實在沒有時間再陪伴你；很抱歉，我覺得對你很有虧欠。」

我呆住了！我們都認識五年了，為何五年感情要突然停止？只是你沒有時間陪伴我嗎？我從來沒有說過介意，你又在介意甚麼了？

我完全不能接受，我回答說：「不要緊，我可以等待你，或者我們可以減少見面，你先完成你的學業吧！」

然而，你卻斬釘截鐵的說：「Daisy，對不起，我真的很忙，我們實在很難再繼續下去了。」

　　突然，我的眼淚不受控制般流了下來；從來你都不是這樣子，從來你對我就是一份深愛，從來我們在計劃著未來，從來我們已經認定對方為結婚對象，為何今天會發生這麼突然的事？

　　你見我流著淚，不但沒有安慰，更站了起來說：「我們走吧！不要這樣難看，讓人笑話了。」

　　我呆呆地望著你，一點點的眼淚，就會讓人笑話了？發生甚麼事情了？跟著你拖著我離開餐廳，然後將我送上一輛的士；你先付了費，告訴司機我家目的地，然後你就關上車門走了。我一句話也來不及對你說，就這樣，你消失在我眼前。

　　你從來沒有試過這樣對待我；回到家我打電話給你，但只有留言功能。

III

一

　　我早上醒來看訊息，我相信你一定會有話留給我，但我卻甚麼訊息都沒有見到。

　　我匆忙回到公司，吃完早餐後，我再看看有沒有你的訊息，仍然沒有；我感到很奇怪，再看清楚，原來我手機上，昨晚傳給你的信息，只有一個剔號；即是我傳送了訊息給你，但你並沒有接收；你是否已經封鎖了我的手機帳號？

　　我打開你的社交媒體，我按入你的帳號，全部都再尋找不到了；你居然連社交媒體也封鎖了我？

　　發生甚麼問題了？只是一晚時間，五年的感情就沒有了？五年的感情，就要如此完結嗎？

　　我完全不敢相信！我想你只是一時的意氣用事，我不覺得你會如此放棄我；其實等待你法學課程完結，等待你明年實習完結，到時你就不會忙碌了。

　　我聯絡上其他同學，叫他們幫忙聯絡你，並問清楚究竟發生甚麼事情；同學們幫我傳達了訊息，但他們再沒回覆我。

我真的完全不知道，究竟我和你之間發生甚麼事情了，你真的要放棄我嗎？為何你要這樣殘忍？為何你要這樣做？我完全接受不了這事實；忙碌只是藉口嗎？其實你是打算永遠放棄我了？你不是打算暫停，你是打算永遠離開我嗎？

　　我這樣等待了一星期；這星期我像行屍走肉般，基本上沒吃過晚餐，因為實在吃不下；其實我不知道我和你中間發生甚麼事，我只知道你沒有再接收我的信息了。

　　我到大學門口等待你，我知道，這是惟一方法。但是等了幾天我也等不到，居然你用不上學來逃避我。

　　接著，我走到你家樓下等你，我等了兩天。我從沒做過這麼愚昧的事，從早上七時等至晚上十二時。但等了兩天，還是等不到你。

　　第三天晚上，我見到你爸爸，他見著我，憐憫的望著我，走來對我說：「Daisy，其實，你真的不知道一切嗎？」

　　我震驚的問：「Uncle，我會知道甚麼呢？」在我眼中，你爸爸是一位善良的長輩。

　　「Daisy，早陣子，我見我兒子和另一位女生走在一起；我以為你們已經分開很久了；他沒有告訴你嗎？我以為他是和你分手以後，才和她走在一起，原來他並沒有和你說清楚。」

那一刻，我真正知道真相；但原來人在知道真相以後，終究是不能接受的；我腦裡一片空白，甚麼都想不了；我只是呆呆的望著 uncle，然後眼淚一直的流下來。

Uncle 拿出紙巾給我抹淚，並輕輕拍著我的手臂，對我說：「Daisy，你是一位好女生，我實在感到很抱歉，我為我兒子的行為向你道歉；我不知道他為何會放棄你去選擇另一位，我也不知道他心裡究竟想甚麼，我只想說，你很好，你未來一定會找到一個比我兒子更好的男朋友。」

我實在忍不住，我沒有再說甚麼，只說了一聲謝謝，就掉頭走了。

我走在街上，我根本不知道自己想去哪裡，我只知道五年的感情，就是因著對方移情別戀，就如此劃上句號。

IV

一

　　網上一直流行著一句話，就是當法學專業證書課程放榜
的日子，就是法律系男女朋友分手的日子；原來現實中，這種
專業課程，真的會成為人與人之間的分水嶺。

　　本來我以為，這只是網上流傳的故事，但原來人生在世，
就是如此現實。

　　後來我在同學圈子裡知道，你的新女友是甚麼人；他們
是在修讀法學證書課程時認識；原來人，還是想找一位與自己
實力相同，未來工作一致，並門當戶對的對象走在一起。

　　或許過去五年，我並不知道，原來我和你的想法是有著
如此重大分歧；過去五年，我們都只是出入一些平價餐廳，吃
著一些簡餐；在一些特別節日，我們也只是平淡的到郊外走走，
沒有特別慶祝；我以為你並不看重金錢；我以為你並不看重社
會地位；但原來一直，我都想錯了。

　　或許從來，你並沒有告訴我你心底真正想法；你也沒有告訴我，你心底真正感受；或者從來去認識一個人真實想法是很艱難，只有在某些場景出現以後，人才能真正的去認識對方。

　　我檢視著自己，當然我也有缺點，但我的缺點，也不至於你要與我分手吧！我想著我惟一的缺點，就是我不能和你一樣，考上法學專業證書課程。

　　今天，我走到曾經我們吃過午餐的餐廳門口，我並沒有走進去，因為我知道，進去以後，我會很難過；最後，我還是選擇繞道而行。

　　其實當我靜下來，想著我們的關係時，我就越想越難過；當我想去忘記你，卻又不能。

　　其實，我已經是一位入讀不到法律專業課程的失敗者，現在連交往五年的男朋友也沒有了；我現在只是做著一份普通法律工作，與其他大學畢業生沒有分別；我失去男友，又失卻向上進修的機會，突然間，在我生命中，兩項最重要的環節都沒有了。

但在我心裡，有聲音告訴我說：「Daisy，你要堅強，你還有朋友，你還有父母，未來，你還有更好的對象。」是的，正如你爸爸安慰我，其實我並不差，我未來一定會有更好的生命軌跡。

　　然而，當我想著想著時，眼淚還是不停流下來；事實上現在的我，真的是被人放棄了；事實上我的成績是不夠其他同學好；事實上我是戀愛及職場上的失敗者。

V

一

今天我回到公司，我仍然很沮喪，很落寞；公司有一位小職員，我知道他常常都留意著我，但我從來都沒正眼看過他；或許因為他長相平凡，或許在我心中，一直有著我的前男友。

今天早上，他給我買了一杯熱咖啡，然後說：「今天是星期一，7-eleven 有買一送一優惠，所以我多買一杯給你，我知道你喜歡多奶 Latte。」

我並沒有拒絕，因為我的確喜歡多奶 Latte；從前我不會認真去看他，除了因為他樣子較平凡，也因為他只是公司裡的一位小職員；但不知為何，今天我望著他時，我覺得他的眼睛很溫暖，很吸引，只是平時我並沒有留意罷了！

不知為何，我覺得生命中，人從來就不應如此作賤自己；為何有些人不珍惜我，甚至放棄我，我還要去為他傷感呢？

午飯前，我訊息了 Benjamin，就是今早送我咖啡的男生；我問他：「你有興趣一起午飯嗎？」

很快他就回覆我了，並說：「我們到街角那間小店吃燒烤午餐好嗎？很美味的。」

午飯，我和他一起走進這間燒烤店，專做韓燒的小店子，套餐很便宜，亦很好吃，只是七十元左右，就有一碟烤肉，三個前菜，一碗米飯，再加一杯飲品，實在讓我感到很滿足。Benjamin 很細心，他幫我將所有肉都烤好，還幫我添上肉汁。

　　我突然發覺，生命的幸福其實很簡單，人只要懂得珍惜，就有的了。

　　五年感情又如何，一些不會珍惜我的人，想念追憶來做甚麼？他都已經愛上別人了！他居然可以這樣無情，可以如此放棄我！我心裡真的越想越憤怒，我對他，現在甚麼愛都再沒有了，只餘下了恨。

　　面前的 Benjamin，並沒有很俊朗，也沒有精緻五官，但卻有一對暖暖的眼睛，以及一顆溫柔的心；他總常常做著溫暖我的行為，早上一杯熱咖啡，午餐的烤肉餐；他總在不經意中流露他給我的預備；我不知道，他是不是刻意安排這頓韓式燒烤午餐，為的是想服侍著我。

　　一小時很快過去，我們回到公司，為免引起其他同事注意，我和他分開前後進入公司。始終，我職位比他高一點，他只是普通職員，而我，還是公司的行政顧問。

當然，我不是看高自己，而是我不想被其他人非議罷了！我願意踏出第一步，Benjamin 亦很聰明，他踏出更多步了；今天我們一起晚飯時，我直接問他，為何喜歡上我呢？

Benjamin 也直接回答說：「我見你最近很失落，很難過的樣子，我知道你一定有心事，我很想明白，很想了解；我知道自己，其實是喜歡上你了。」

原來一直 Benjamin 都很留意和關心我，他總是懂得溫暖和關心別人；我將我的故事一五一十告訴了他；其實我不知他背景如何，但我卻發覺，幸福是需要自己爭取；面前 Benjamin 願意關心我，願意待我好，那些有著高高地位的人，又在為我做著甚麼呢？

Benjamin 聽完我的故事，居然說：「實在很抱歉，我這麼遲才來關心你。」

我對他的抱歉實在感到吃驚，無論他是真心還是假裝，我都感到額外暖心，因為我就是感到，他的確是從心中待我好。

他緊握著我的手說：「我們可以走在一起嗎？」

我並沒有縮回我的手，我讓他緊緊握著，因為這一刻，我心裡的確感到很冷，我的手也感到很冷；我很希望我的人生，能夠有多一點的溫暖，能夠有多一點的希望，好讓我能夠繼續走下去。

　　或許我要衝破的，是自己的心鎖，要為情感開放。很多時自己找不到幸福，是因著設定了關卡，一定要找一位同類或同等學歷的人。但有時同類的人，就一定愛我嗎？當然彼此價值觀相近，是可以容易走下去，但卻不代表他就願意繼續愛我。特別是所謂的專業人士，很多時他們都有很多選擇，然後，就不會再選擇我。

　　我出身很平凡，這世上，幾多人想透過戀愛與婚姻，提升自己的個人價值與社會地位？我從來不會是他們的選擇。

　　「你不要傻了，你是不能隨便高攀別人的！」我知道。其實從來，我沒有想透過戀愛去提升自己的社經地位，我只想尋獲一份愛，一位待我好，以及價值觀一致的人，一起好好生活下去吧了！

VI

一

今天，我和 Benjamin 去了長洲遊玩，因我告訴 Benjamin，我很喜歡香港離島的清靜。Benjamin 二話不說就在長洲訂了酒店，並對我說：「你喜歡的事，我盡力陪你去快樂，不要只來去匆匆遊玩一天，我們住一晚海景房，好好享受長洲的美好與寧靜。」

我心裡為他對我的預備感謝與感恩，因為別人待我好，從來都不是必然的。

在長洲兩天，我們過得很快樂。住在長洲的晚上，Benjamin 拿給我看一張大學入學表，他說：「我已報讀會計學學位晚間課程，我想努力完成學位，並考取專業資格，未來我們可以有更美好的生活。」

我很感動，Benjamin 真是一個上進和待我好的人。但我心中閃過一陰影，就是當他擁有專業資格以後，又會像我前男友那樣，有著更好選擇，然後放棄我嗎？

但我想，要愛我的人就會願意愛我，不愛我的人，有沒有專業資格，也會不愛我，我想太多也沒有用，我何不好好享

受和珍惜，一直 Benjamin 待我的好？他總處處為我著想。

我不知在 Benjamin 心底，他真是想為改善我們未來生活而努力進修，還是他只想成就他自己；但都不要緊了，無論如何，他都有一顆努力向上的心，不會只原地踏步，值得我欣賞。

感情從來沒有必然，或許經歷了上次慘痛教訓以後，往後一切，我都以平常心看待，努力活好今天，努力享受今天愛我的人和他給我的愛。我也願為愛我的人付出努力，最後結果是好是壞，我無力操控，一切隨緣。今天我仍有能力抓緊幸福，我就先努力去抓緊吧！

其實你問我我是不是很喜歡 Benjamin，我也不知道；我是不是因為失落了前男友，所以才喜歡上 Benjamin？我都不知道；但是我知道，我和 Benjamin 的相處，實在感到自然舒服，愉快無束；在每一頓飯，我和他吃著，我們都可以有很多交流；雖然我知道，他的學歷不是很高，他只是一位高級文憑畢業生，然而這又如何？有問題嗎？

人生中，學歷與職位真是這麼重要嗎？有學歷，有專業的人，不是拋棄了我嗎？他不是為了金錢，為了未來的價值而放棄了我嗎？如果我再和這類人交往，是否我又要再一次，面對類似的風險與挫敗？

　　一位踏實而溫柔的人，願意對我好的人，不就是生命中的最幸福嗎？女生為何一定要選取和自己學歷一樣，經歷一樣，或是學歷更高，經歷更高的人在一起呢？其實，我是在崇拜他們的學歷和專業，還是，我在尋找一個真正愛我，待我好的人呢？

　　我看著面前的 Benjamin，他總是對我好，他做事總處處關心著我；他曾告訴我說，他的前女友有著大學學位，但最後卻放棄了他；我聽著以後，感到一份同病相憐，也感到人世間，就是如此現實。

　　其實香港女生學歷，現在是越來越高；有時候要找相同學歷的男生，實在並不容易；但如果我願意降低少許要求，卻能換取一份真正的幸福和溫暖，不是很好嗎？

　　其實很多時，我衝不過的，不是現實眼光，只是我自己內心的驕傲和一份勢利而已。

　　今天是我生日，Benjamin 為我預備了一束粉紅玫瑰，配上一隻可愛小兔子；他告訴我，我在他心中就是一隻純潔的小兔，總接納著他；他對我說：「我最初很想與你走在一起，但我很驚懼，因為我知道，你是一位優秀的大學畢業生；但我見你對人總沒架子，也樂意幫助別人；我留意你很久了，我也很欣賞你；在我心中，你就是最值得我欣賞的小白兔；我知道

你心底其實很善良，你不會看輕其他人，所以才讓我有勇氣去追求你。」

　　看著面前的小白兔，我笑了出來，其實我並沒有 Benjamin 想著的那麼好；跟著 Benjamin 問：「我們可以有著幸福的未來嗎？」我明白他的意思，我笑著說：「當然可以！」

　　或者我知道，我和 Benjamin 將來會是幸福的。

　　我和 Benjamin 約好大家未來會一起努力進修；或許我可以再次考上專業資格；他也可以考取他的會計專業，我們一起更邁步向前；我們說好，就算大家都考不到任何資格也沒所謂，最重要的，是我們都不會放棄對方，我們只想大家都能成為更美好的自己。

　　今天我感到很快樂，因為和 Benjamin 在一起，我感到毫無壓力，也沒有現實殘酷的枷鎖與衝擊，只有大家勉勵對方向前行的心意與微笑。

VII

一

今天早上，我在金鐘街頭，見到前任和他女友；我和他打了一聲招呼，他亦介紹他女友給我認識；我點一點頭，然後一點難過的感覺都已經再沒有了；我望著他時，眼神是空洞的，他和我分手，都已經兩年了。

或許，我再沒有甚麼難過，因為這兩年來，我和Benjamin走在一起，我覺得很滿足，我覺得很快樂。

前任對我說：「我知道你有新男友了，希望你能幸福。」

原來，他只是想告訴我，他知道我有新男友，他就放心了，他就放下心頭大石了！是這樣嗎？

我望著這一個我曾經深愛過，但已經移情別戀的人，我心中已經連恨意都沒有了。我覺得，這是一個最好的狀態，面前這一個人，已經不會再留在我記憶裡了，所以我才有勇氣，走到他面前，和他打一個招呼。

甚麼初戀是美好的，我一點都不覺得，我只覺得一個為未來，為前途，為職業，為學歷而放棄我的人，我對他根本是不屑一顧；他對我來說，根本就不值一提。

甚麼初戀是快樂的，我更一點都不覺得；是的，他是我的初戀，我中學沒有談過戀愛，因為我就讀女校；大學是我第一次談戀愛的地方，一談就四年；我以為那場戀愛會是一份永遠的幸福，但原來只是驚夢一場，一轉眼就甚麼都沒有了。

離開前任以前，我告訴他說：「你放心，將來我一定會很幸福！或許，會比你更幸福！」說完，我就掉頭走了。

我來到一間咖啡廳，今天約了 Benjamin 在這裡晚飯；我已經轉了職，到另一間公司工作，因為我覺得和 Benjamin 在同一公司裡，對大家發展都不太好。

今晚 Benjamin 帶來一隻戒指，他說：「Daisy，我們永遠走在一起，好嗎？」想不到，他今天突然在這間簡樸的咖啡店向我求婚；Benjamin 告訴我：「今天是我們認識兩週年的日子；在兩年前的那天，是你約我吃午飯，所以我想用今天這特別值得記念的日子向你求婚；我知道從一開始，是你先接納了我。」

Benjamin 繼續說：「我知道那天，你是因為我的一杯普通熱 Latte 而感謝我，所以今天，我也選擇在一間普通的咖啡店裡，向你求婚。」

　　我的眼淚慢慢地落下來，是感激和歡喜的眼淚；原來跟真心又細心的人走在一起，真的是很快樂又幸福的一件事；Benjamin 總是懂得感恩。

　　幸福真的是要自己努力爭取；那一天我接受了那杯熱 Latte，我就是抱著一份感恩的心，然後和 Benjamin 吃了一頓午飯；想不到這個動作，給我自己帶來生命的幸福。

　　我沒有嫌棄 Benjamin，Benjamin 也一直包容著我，如此大家一直好好發展。

　　快樂從來不會突然而至，快樂總掌握在自己手中，總要懂得適時把握，總要懂得彼此欣賞，總要懂得處處感謝。

　　每一顆溫暖而平凡的心，我相信只要緊緊握在手中，就是真正的幸福。

　　我珍惜著 Benjamin 的時候，他也珍惜著我，如此就見證著一場最美好的真愛，一場最美麗的相遇與相知。

快樂，從來不會突然而至，
快樂，總掌握在自己手中，
總要懂得好好把握，
總要懂得彼此欣賞，
總要懂得處處感謝。

究竟在我內心，真正想要成為一個怎麼樣的人？

究竟在我心底，有甚麼想要達成的人生願望？

除了愛你，
我還想成就我自己

Chapter Six

I

一

　　從來，我都沒有不愛你，但你總是對我若即若離；你對我總是有著很多冷漠，你總說你很忙碌；或許在你生活中，只有兩個字，就是工作。

　　一直我知道你很認真讀書和工作，我知道你用上很多努力，才考上台大；我也知道，你最終也憑著努力，成為一位工程師；你很希望在新竹發展，因為那裡，有你最渴望加入的台積電晶片公司；在那裡，你能夠發展自己的事業；我知道你的理想，就是渴望成為台積電裡的一員，成為一位優秀而出色的工程師。

　　或者我與你的相遇，都是一次很特別的機會，或者我自己也不太差，我也很努力在職場上打拼，爬上一個不高不低的位置；我欣賞你的積極進取，你也欣賞我的努力前行；在大家互相欣賞下，我們遊走在台北街頭的大小店子裡，享受著彼此真誠的相遇，享受著每一頓豐盛的餐飲；我知道我和你，都是如此優秀。

　　漸漸的，我們都快三十歲了，但我們一直都沒有選擇組織家庭；從來你沒有說甚麼，我也沒有提及；或許大家為事業打拼著，大家都忙，大家都累。

每星期我們都有一天，可以快樂的討論著工作以外的事；我知道你是獨生子，我也有我的家人要照顧；大家其實工作再加原生家庭，生活真的過得忙碌而充實。

　　早陣子你說要多修讀一個碩士學位，要用上三年時間半工讀；你說工作就是需要不斷進修；忙碌的工作，額外的進修，你又要照顧雙親，真的不容易。

　　其實在台灣，以我們的學歷，堪稱是絕配，也是成功人士的典範；我們有著別人羨慕的薪金，穩定的收入，也有支持我們的父母；然而在人生中，我卻總是覺得，欠缺了一些甚麼。

　　是的，我就是失落了一些空間；我就是失落了一些讓我認識自己的空間；究竟我內心，真正想要成為一個怎麼樣的人？究竟在我心底，有甚麼想達成的人生願望？

　　其實我現在做著測量專業，是我真正喜歡的行業？其實我很喜歡音樂，我很喜歡唱歌，我更喜歡跳舞；最近我更迷上瑜珈，因為我發現，在我做瑜珈時，我可以放空自己，我可以在安靜中靜觀自己內心的狀態，明瞭自己生命的變化和需要。

　　今天我和你說，我很想開設一間音樂治療中心，好去幫助別人，也能幫助自己；曾經在繁忙的學業和工作中，我得到優秀的事業入場券，然而我卻似乎，找不到我自己。

　　我想著，人生在三十歲，是否可以有另一個新階段？我現在每天都覺得很忙碌，每天都感到很大壓力；我很想將自己的興趣，成為一份職業，我對你說：「David，你會支持我創業嗎？你會支持我尋找人生的夢想嗎？」

你不置可否，只對我說：「Amy，你會不會想得太簡單；開設一間音樂中心所費很多，可能會用盡你所儲蓄的金錢，然後你會變得一無所有；其實你現在的工作不是很好嗎？為何要如此冒險去創業呢？加上你也沒任何開設音樂中心的經驗，你又沒修讀過教育課程，一切實在太高風險了；你計計要租金開支，要招聘人手，要裝修，要宣傳…… 不如你多參加你喜愛的音樂興趣班及瑜珈班，去好好放鬆，好好享受，不是更好嗎？」

David 這樣一盤冷水潑過來，我不知如何回答；我只知道，人生，我是想追求自己的內在價值，我想做些喜歡的事，我不想全天候工作，我不想人生到老都是如此，因為我相信生活是屬於我自己；我喜歡做甚麼，我有能力，我有積蓄，我有興趣，難道我還要讓人批准，我才能去做嗎？

我想著，如果我三十歲還不做，未來年紀再大，就更提不起勁去做任何事了；望著面前的 David，我發覺他從來沒有真正明白我，他也不了解我內心深層的渴求；或許現階段的人生，我與他其實並沒有任何承諾，他一直只是在我身邊陪伴著我罷了！

其實一個只是陪伴著我多年的人，並沒有資格干預我生命中的前進吧！

II

—

　　我並沒有聽從 David 勸說，我會覺得我有自己的人生階段，我也會為自己所做的事負責。

　　兩個月後我辭職了；在職場上，我算是打滾多年，有點積蓄；我未結婚，也沒有置業；我儲了一小筆金錢，可以開設一間屬於自己小小的音樂治療中心。

　　音樂治療中心設有不同音樂課程，與其他音樂中心不同之處，就是我的音樂中心不為考試，只想讓成年人、青少年及兒童，透過學習音樂，得以抒緩情緒與壓力，並能好好享受音樂帶來的療癒與快樂；所以我所開設的音樂班，並不與市場需求看齊，會是開辦比較令人愉快的非洲鼓班、健康舞蹈班、誦唱歌詠班，超易鋼琴班等，與傳統考級樂器班和專業歌唱班，不太一樣。

　　我沒有相關音樂訓練與經驗，我只憑一股作氣，想去成就一份夢想，其實的確是有著很大風險；我有想過最終如果做不好，我只是賠上一年租金、裝修費，以及自己一年人工罷了！人生有時是想開拓一點視野，人生有時還是想成就一下自己。

　　然而 David 對我如此冒險行為很不認同，他覺得我不願聽他的話；David 對我的計畫感到不屑一顧。其實我見他眼中，還有著一點憤怒，他覺得我不尊重他的意見。

　　從前每一次在我們吃飯時，David 都會關心問候我近況，現在他卻是冷冷的，並沒有主動詢問我的生意，我們的關係似乎也越來越疏遠了。有一次 David 甚至說：「我媽媽年紀大了，我想有更多時間陪伴她，或者我有空間的話，我們才相約吃飯吧！」

　　在我開始創業的日子，其實是很需要 David 支持、鼓勵與陪伴，但他這樣一盆又一盆冷水潑過來，讓我感到很難受；我知道 David 根本不想支持我，從來他都不支持我去創業。

　　其實我覺得，他是不支持我心底裡對夢想的追求和渴望；其實 David 也是沒有明白我工作上的困難，他也不明白我工作上的壓力；他更不明白我心底的願望，就是想透過音樂治療去幫助別人。我很想還自己人生一個價值，一次自由；無論輸或贏，我都嘗試過，我覺得還是無悔，還是對得起我自己。

　　或許 David 喜歡的是工作，David 的人生一直都很優秀，從來都一帆風順，並沒有甚麼難關，他也一直在職場扶搖直上；工作給他滿足感，然而我也在名牌大學畢業，但我心中所追求的，與 David 並不相似，我想靠著創業去成就自己興趣，並

給自己一個追夢的機會，其實我有做錯嗎？

我們還沒有組織家庭，David 已如此規管我，如果未來我們組織了家庭，那麼在我人生中，我所有願望都會落空了，是嗎？我慶幸我和 David，還未進入婚姻的枷鎖中。

今晚我完成安排音樂中心課程後，我訊息了 David，我說：「很久沒見了，我們一起晚飯，好嗎？」但是，他卻已讀不回。

III

一

　　我不知道發生甚麼事情，我只知道，其實我成立一間音樂中心真是很忙碌，我也有很多艱難的事要去克服；我很想與 David 商討與分享，我會以為他最會明白我，但原來他一直都忙；一切的事，都只是我一個人去扛著。或者我越來越發覺，創業只是一個人的浪漫，創業也只需要一個人的努力，根本不用麻煩別人。

　　最後我坐在音樂中心，叫了外送，然後計算著這個月的營業額，我想著應該如何去開拓生意？我思考著，我努力著，然後我發覺，原來我沒有 David，我還是可以的；其實，我有他和沒有他，又有甚麼分別呢？

　　看著面前吃了一半的便當，其實我心裡是很難過，我的眼淚還是慢慢滴下來；但我告訴自己，我要堅強，但其實在我心裡，還是感到很寂寞。

　　創業是一條漫長的路，音樂中心走了半年，收生還是不太理想，一切運作並不是我想像般容易，雖然我之前已做了大量資料搜集。雖然我曾經和開設音樂中心的朋友討論過，我以為低成本運作不會很受傷，但原來租金、導師費用、電費、雜

費等等，我都需要按時繳付，當沒有很多學生時，我真的不知如何做好口碑。

我知道建立一間音樂中心，是需要一段長時間，但我不知道這一段長時間需要多久，這令我感到有點心寒。我很希望能夠有人幫助我，成為我的助力，我以為這個人會是 David，但原來，從來都不是。

我突然想起一位很久以前認識的朋友，他現在也是經營類近生意，他叫 Eric。

很快我就聯絡上 Eric，我請教他一些問題，他很詳細地回覆我；最後他更主動的說：「Amy，我們約出來吃頓飯好嗎？我們都很久沒見面了。」

Eric 是我大學同學，我們修讀同一科；他當測量師幾年以後，覺得工作並不適合，所以他出來開補習社；我聽聞他的補習社辦得很不錯，很有特色。

我之前一直沒找他，因為我開的是音樂治療中心，他辦的是學科補習社，內容好像有點不同。見他這樣邀請我，我感到很雀躍，很期待；我心中不知為何，很興奮的等待著後天與他約會。

IV

一

今晚 Eric 約了我出來傾談，大家都感到很愉快，原來他的補習社已經上了軌道，辦得相當好。當然，他已付出六年努力，我真的很羨慕。

Eric 仔細聽了我情況後，給了我很多不同建議，我實在感謝他。在創業路上，有人願意伸出手來幫忙，實在是很感恩的一件事。Eric 與我說：「下次到你音樂中心附近晚飯好嗎？」我說：「你不用陪女朋友嗎？」Eric 默默的說：「分開了。」然後他慢慢講述了他的故事。

Eric 說：「六年前我決定辭職籌辦補習社，暫時放下測量專業，但我前女友覺得我不去做專業工作，卻去籌辦補習社，是一件危險而沒有保障的事。她對我辦補習社這事一直存在很多不滿，後來她認識一位新人，就離開我了。或者我會覺得，她離開的最大主因，是我開設補習社這件事，當然她移情別戀這件事，我是傷心了很久。」

Eric 再說：「其實我也用上很多心思在補習社上，補習社現在慢慢走上軌道，我打算再增設三間分店；我的目標是想將補習社打造成一間品牌式的補習中心。的確，經營補習社，真的耗用了我很多時間。」

最後 Eric 說：「如果未來我的女朋友和我一樣，都是經營補習社或同類生意，我相信大家的溝通，一定會更美好，她會明白我創業的艱難和心志。」

成年人的說話和表達，大家都會在心裡明白。在我心中，流過了一陣暖意。這麼多年沒見 Eric，其實總讓我想起很多往事。

從前我對他是有著期待，曾經在大學，我有喜歡他，只是他一直很受歡迎，他一直都有女友在身邊。我沒有走向他，他也沒有靠近我，大家只是普通朋友，想不到今天，我們好像有著一場特別的緣份。

那 David 呢？若然你問我，現在我還愛 David 嗎？我開始感到模糊了。我和 David 的關係，現在只餘下傳遞訊息：「今晚大家一起吃飯好嗎？」「我有點事，不吃了。」「好，那下次再約吧！」

其實現在我和 David，可說是一對朋友吧！我和他之間的愛，都在慢慢退減著；其實應該是，David 對我的愛，慢慢退卻了，我感到，他已經不再愛我。

　　我有難過嗎？如果沒有 Eric 的出現，我相信我一定會難過；但現在有 Eric 的出現，我感到心靈上有了一個棲息之所；有時候人生中，大家都有著不同步伐，大家都在不斷改變；有時候，大家的想法不同了，當彼此不能再遷就對方時，或許彼此的關係，惟有慢慢放淡，最後，都會是彼此走散了。

　　我知道，人與人之間的關係，走到某些瓶頸，大家如都不能放下自己的話，現實總會勝於一切情感。

　　若你問我，我這一刻還愛 David 嗎？我相信還是愛的。那麼，我願意為他改變我的創業計畫嗎？我不知道。但是有時我會覺得，人生要走的日子實在太長，在數十年光景裡，如果彼此都不願尊重對方心裡想法，其實是沒辦法一起繼續走下去。David 今天不願尊重我籌辦音樂治療中心，他日又不知會不尊重我甚麼了。

　　其實有時候，生命中應該有著不同蛻變，才可讓大家快樂地走下去。在彼此不同的蛻變中，應該要互相尊重。如果不能做到彼此尊重，有時候，或許有些感情，真的不能再勉強的了。我知道我對 David 的愛，是日復日的減卻了⋯⋯

V

一

期待著的這天來到，Eric 專程抽空來到我經營的音樂中心視察。他逐個項目仔細研究，然後告訴我如何可以做得更好。無論在宣傳方面，課程安排方面，收生方面，與家長溝通方面等，他都鉅細無遺地與我分析，然後告訴我應該如何做。

聽完他解說，我感到很溫暖，而且這些是實際幫忙，的確讓我的音樂中心能更有效的營運下去。與有營運經驗的人交流，的確是與別不同。這些寶貴經驗，實在好得無與倫比。

我知道，Eric 是無私的幫助了我，我實在感到很幸福、很愉快。我望著他，對他報以感激的目光，然後我說：「今晚我一定要請你吃一頓好的！」Eric 也欣然接受。

離開音樂中心時，我心中真的滿懷高興。原來在人生在艱難時，能有人願意與自己同行，真是一件無比快樂的事。

剛踏出音樂中心，在樓下我就見到 David，他走過來對我說：「前兩天不好意思，沒有回覆你，我的工作較忙，今天我特意過來找你吃飯。我剛剛上音樂中心，見你正在忙著，所以我在這裡等你。」

我心中想，David 一定是上了音樂中心，見到我和 Eric，然後刻意在樓下等我們。

我見著一臉尷尬的 Eric，又望著面前的 David，我知道 David 是刻意讓我難堪吧！我心中感到既尷尬又難受；為何 David 不先聯絡我呢？我感到 David 是不尊重我，他對我並不信任。難道我和朋友吃頓飯，還要向他報告嗎？

這一刻，我不知那裡來的勇氣，我對 David 說：「不好意思，今晚我已約了 Eric，改天再和你吃飯吧！」

然而 Eric 卻一臉尷尬的對 David 說：「你好！你是 David 嗎？有聽 Amy 提起你，我是 Amy 舊同學，我是來幫忙 Amy 營運音樂中心，今晚我都有點忙，我先回補習社處理事務，我先行告退了。」

我望著匆匆離開的 Eric，感到一陣落寞與失望，然後我望著面前的 David，不知為何，他來找我吃晚飯，我一點高興都沒有；或許這半年來，在我辛苦經營音樂中心的日子，他一點都沒有在意，更是缺席了！他又說要減少彼此見面時間，在我落泊困難時，他額外加添著我的難過。

或許在人生中，在困難時，能夠被人鼓勵和支持，這會是一份一生的銘記與感激；相反，人在艱難時被人無視和打擊，這份記憶會是深刻和厭惡。

今晚 David 像在搞破壞般，我只是禮貌及感激的去請 Eric 吃一頓飯，我並沒有背叛之心，卻好像被 David 攔阻著。我覺得在 David 面前，我連我自己都沒有了。

我不知道 David 心中在想著甚麼，大家在寂靜街頭，都在等著對方先開口，氣氛非常尷尬。

最後還是我開口說：「你不是說吃晚飯嗎？你想去哪裡吃？」

David 說：「去吃碗牛肉麵，好嗎？」

坐在餐廳裡，David 基本上沒甚麼話和我說，而我也沒有甚麼事想告訴他。或許人生有些想說的話，過了想說的日子，就已經不想再說了。不過我還是主動問了 David 幾個問題，作為一位創業者，我發覺主動解決問題還是很重要。我問 David：「最近你爸媽都好嗎？你說工作很忙碌，又要照顧他們，你都可以嗎？我見你常說要加班，你亦沒有時間回覆我，亦沒有時間和我吃飯，你應該很辛苦了。」

David 滿臉不好意思的說：「Amy，其實我們應該如何走下去？不如我們說清楚吧！我們都將心裡所想的，都說出來吧！」

這一刻，其實我心裡是難過又痛心、我和 David 一起這麼多年，難道我真的會突然不愛他嗎？其實我只是對他失望，並不是不愛，如果大家願意好好傾談，他也願意將心底裡想說的話告訴我，我也願意慢慢對 David 講出這陣子我的心路歷程，我相信我們之間的隔膜，是可以解決的。

我慢慢地對 David 說：「其實你知道嗎？這半年來，我覺得很寂寞，因為一直你都沒有支持我，一直你都在逃避我。最近你更說你工作很忙碌，你要照顧家人。剛才 Eric 來到音樂中心與我商討各項細節，我感受到一種支持與鼓勵。其實你是可以用行動來支持我，例如你可以多上來音樂中心陪伴我，或者你也可以幫忙我搜集資料，推廣音樂中心。你也可通知你生活圈子的人，如他們想學音樂的話，你就可作介紹，但是你似乎一點都沒幫助我，其實你真的有當我是你女朋友嗎？」

David 沒有作聲，只是沉默著，然後也慢慢的說：「Amy，或者我們現在的人生步伐並不一致；或者之前，我是不能夠明白你創業的理念，但是我再想，我發覺我們兩人似乎要走的路並不太相同。我希望能夠有一位擁有專業工作，擁有穩定收入的女友，而不是一位這麼冒險的女友。我想你知道，最初我認識你的時候，你並沒有打算創業。當然你要創業，我還是會尊重，但很抱歉，我真的沒有很多時間陪伴你，為你解決當中問題。或者如果你覺得 Eric 比我更適合你，我願意退出。」

聽到這句話，我實在感到很震驚！我想，我和 Eric 只是吃過一次飯，見過兩次面，如果這樣你都介意，我想著我們中間的信任還餘下幾多？還是 David 其實已經不再愛我，是想找一個藉口好去離開我？是否他已經有新對象了，他刻意用這藉口與我分手？

　　我心一直往下沉，這是我認識的 David 嗎？這是我愛了這麼多年的 David 嗎？雖然我對 David 的愛是有所減退，但我心底還是保留了他的位置，我還想著有一天，他會重新明白並珍惜我⋯⋯

VI

一

　　晚飯以後，David 就再沒有回覆我任何訊息了，兩星期後，他更封鎖了我所有聯繫。我完全不明白他是想作甚麼，七年感情就要如此劃上句號？就是因為我和一位男性友人吃一頓飯嗎？七年感情，就是因為我要創業，你就要如此對待我？

　　後來有朋友告訴我，見 David 在街上拖著另一女子。沒多久，我也收到他結婚的消息，我真的感到晴天霹靂，原來一直不願意和我結婚的人，卻願意與另一人很快地結婚了。後來我知道，他的新對象是他公司高層。我突然明白了，David 一直都讀名牌中學，名牌大學，跟著入了一間大公司工作，他要的都是名牌，都是優質，而他的新對象，就是背景這麼厲害，他當然不會放過。

　　突然我驚醒了，David 一向都是如此優秀，他一直都追求完美，他怎會放過厲害的女生？而我，只是一個普通女孩，他願意和我走在一起這麼多年，或許對他來說，已經是很難得的事了。其實他並沒有真的很愛我，他要的，只是我對他的陪伴罷了！當有更適合的人出現，他就選擇脫離我的視線。

其實甚麼不滿意我開設音樂治療中心，甚麼和其他男生吃飯，都只是藉口罷了！根本 David 一直就不滿意我，他要的只是社會地位，他要的是他心底中存在的價值，當中和我的想法全然不同。

我哭了兩個月，因為七年感情，就如此突然畫上句號，任何人都會感到難過。我知道在我三十多歲的日子中，我走失了我的男朋友，往後要再找合適的人，實在很困難。這兩個月，Eric 常常陪伴我，我感到很溫暖，很安慰，然而 Eric 一直沒有向我作任何表示。我曾試探著問他：「你有女朋友嗎？」他說：「並沒有。」我再問：「你為何不找一位呢？」他說：「我現在覺得一個人很好，我不想有甚麼羈絆。」

之前他不是說，想找一位和他有相同經歷的女生做女朋友嗎？人心的變化，有時真的很快。我見他現在真的沒有想找女朋友的意思，他也只當我是普通朋友般看待。然而他又總看顧著我，照顧著我。我見他現在一切也很小心翼翼，他只是在工作上與我有交流，他總不希望與我有更多情感上的交往。

有一次我直接問：「你為何對我這麼好？這些日子，你幫助我營運音樂中心，現在終於渡過難關了。」

然後 Eric 很誠懇的回答：「其實我是很喜歡你，但我暫時要營運三間補習社，我真的感到有點忙；長遠我更想經營一個補習中心品牌，我想投放更多心思和努力，其他事，我應該兼顧不了。」

然後他再靜靜的對說：「Amy，請你原諒我，希望你能找到一位愛你的人，我很希望善良的你，能夠得到幸福。」

或者成年人的世界，都不需再隱瞞甚麼，在成年人的世界中，也沒有甚麼特別秘密。有心事，大家說清楚都是一件好事，這樣好讓大家都去尋找自己的新目標和新對象。說真的，Eric 這樣說，我真的感到很失望，我以為沒有了 David，我可以和 Eric 發展，我見他一直願意這樣幫助我，但原來他根本沒有這個意思，他根本沒有打算和我走在一起。

後來我在舊同學中打聽，知道 Eric 在感情上真的曾經重重受傷，他對朋友明言只想工作，不談戀愛，雖然他仍憧憬戀愛，但就是抗拒再踏上，所以一直都是單身。

或許因為如此，他才能勇往直前，沒有羈絆，沒有牽掛，不用顧及任何人想法，所以創業才能如此成功。聽舊同學說，Eric 雖不想談戀愛，但卻喜歡結交朋友，也樂於助人；如此很多得過他幫助的人，往後也願意幫助他，以至他的事業，越發成功。

我想著，原來 Eric 對我的，只是朋友間的幫助，是我自己一直誤會了。或許因為我在這期間又要創業，又失去 David 的愛與支持，我將感情大大投射於 Eric 身上，以為 Eric 待我好，就是男女朋友之愛，其實現在回想，Eric 真的沒給我明示或暗示想與我走在一起，他真的只在我創業上各方面幫助我。

　　若然你問我，我有失戀的情緒嗎？那倒是沒有的，因為對 Eric，我只是期待，我們事實上並未走在一起，但失望卻是有的，還是很大的失望，因為 Eric 在這期間，實在給我太多幫助了。沒有 Eric，我不會有今天的收支平衡，我是不會成功的。

　　現今社會，有很多人只想單身，不想談戀愛，第一是害怕受傷害，第二是想不被打擾，第三是不想浪費時間。戀愛的確美好，然而當你人生想作不同選擇時，若已在戀愛及婚姻中，就需顧及對方想法與感受；但如雙方想法不一致，就要耗費很多氣力去解釋與協調，有時甚至連踏出去嘗試的機會都沒有了。

　　當了解 Eric 情況後，我釋懷了，我明白和理解他，因我自己也曾經歷難過的感受，有時只是我自己對愛戀有太大期待罷了！

　　往後我還有相約 Eric 出來吃飯，Eric 也樂意與我繼續分享做生意的種種苦與樂。如此，我好像失了一次談戀愛的機會，但卻多了一位在創業路上陪伴的朋友，這類朋友很難尋啊！其實這不是更好嗎？創業路是多麼孤單啊！找到志同道合的人一起互助與分享，何等幸福啊！

VII

一

　　往後如果上天有安排，我相信我會再遇另一位適合我，愛我並支持我人生發展的人。我沒有如 Eric 般對戀愛恐懼，但我會很小心再選對象。阻礙我人生進程，帶給我人生煩惱的人，通通不要，免我人生再受他人影響，變得不快樂，不自由。

　　其實建立一間音樂中心是我的願望，因為我很希望透過音樂治療去舒緩自己心情，也能透過音樂中心去幫助別人。

　　經過 Eric 指導，音樂中心的經營開始走上軌道，營業額也有所突破。慢慢地，音樂中心變為收支平衡了，還開始有點錢賺。九個月辛苦經營，努力宣傳，終於換來一點成果。學生多了，學生的家長，也願意再介紹學生給我；然後我覺得，音樂治療中心對我和學生，都很有幫助。他們意識到，音樂不單只是學習樂器，也不只是考級，而是在學習音樂過程中，能找到身心紓緩的美麗。

　　音樂中心給我帶來生命中的快樂，不少有情緒的學生來到音樂中心參與課程，我也會細心幫助他們分析各課程內容。我雖然沒修讀過教育，但我絕對樂於學習；就這樣，我每天回到音樂中心，我都是很快樂。

從前在工作上不能得到的滿足感，今天我終於得到了；
這一盤小生意，更是我人生的轉捩點。雖然音樂中心的經營需
要承受各方面風險，也要絞盡腦汁去應付困難，但我卻覺得，
我心中總有一陣陣的快樂。

有時我想，我沒有了 David，我還是生活得很好；他根
本就不喜歡我辦音樂中心，或許如此，激發了他更不喜歡我；
然而我想，就算我不開設音樂中心，他也不會喜歡我，他還是
會和富家女走在一起。

我現在有了自己的音樂中心，我覺得有了更美好的自己，
有了更美好的前景；今生，我還是無悔，我還是覺得快樂。

人生除感情以外，還需要有自己的個人價值；雖然 Eric
表示他不能和我走在一起，但我相信，我和他仍然是好友，未
來我亦相信，一定有人會愛我，我也一定可以找到一位以溫柔
的心對待我的人。無論如何今天的我，已經是很滿足和快樂的
了。

人生除感情以外，還需要有自己的個人價值；

未來，我相信一定有人會愛我，

我一定可以找到一位，以溫柔的心對待我的人。

My Thoughts

—

我的讀後感 -I-

從來在不同學校代課，總是一個人來，然後一個人去；
我不想別人認識我，我也沒有認識甚麼人。

我習慣了孤獨，但我真的享受嗎？
往昔戰友，都慢慢走失了，我惟有學習享受孤獨。

那年，我也突然失去你，讓我傷上加傷；
我一直跌入黑暗中，走不出來。

不是沒人邀我做回全職，只是我自己不敢踏上，
或者，我是有點創傷後遺（Post-traumatic stress
disorder）（PTSD）。

每當想起曾經的痛，一切就會卻步……

從來來自教育界、社福界的人，都比較善良，
我們不愛競爭，只想與溫暖同步，好去安慰和幫助別人。

但想不到，自己就在沒有防範時，身心靈受創，
再遇某些場景，我是呼吸不到；
有朋友曾問我究竟發生何事，但善於表達的我，居然甚麼都無
法表達，只懂流淚。

曾經不同的傷害，我靠著寫作，靠著閱讀，靠著學習新知識，
靠著時間流逝，好去慢慢撫平。

現世代，人對心靈和心理認知比從前多，
人更多看重自己情緒，這的確是美事；
音樂治療、寫作治療、繪畫治療、園藝治療，
靜思禱告、聆聽詩歌、自彈自唱、海邊聽浪等，都是我很喜歡
做的事。

知識叫人自高自大，惟有俯就卑微，惟有認識自己，
惟有容讓自己受傷，容讓愛我的人幫助我，安慰我，並擁抱我，
我才能得著力量，走過一切黑暗，以至能被療癒，
心靈中，才能重尋一片光明。

今天，我感謝曾在生命中與我同行的每一位，
感謝親愛的讀者支持，
感謝最愛的你，從起初到今天，都成為我心靈中最大的力量。

但請你不要愛了我又離去，我受不起再一次的傷害……

My Thoughts

—

我的讀後感 -II-

看著一個個被你封鎖的帳號，
其實我心裡，是很難過，
因為封鎖我的人，是我最愛的你。

創傷，總有後遺症⋯⋯

你突然離去，加深了我的傷痛；
那年，我連爬起來的力量都沒有；
接著疫情，出版業蕭條，
我想過放棄，以後甚麼都不要再寫了。

你斷了我與你的一切聯繫，
但那時我深信，與你聯繫的電郵還在，我仍存盼望。

我不知為何 Google 在這麼多年後才通知我，原來你早就停用
屬於我們的電郵帳號。

或許這是上天安排，讓我最終沒有放棄一切。

心靈創傷從來不容易被醫治，每次再見你的帳號，我心都有戚
戚焉；
我不夠膽再去觸碰，因為我害怕，你會再次封鎖我；

那種難以形容的痛，那份一直不被信任的受傷感，總纏繞我心；
有時想著想著，會不自覺流淚。

原來失去一個人的感覺很痛，很無助，
不被人信任的感覺很受傷害，
往後或許再無力，去迎接新的事情了。

請不要玩弄我，我承受不起再一次的受傷，
若傷害再發生，不是我不想信任你，而是我無力再信任你下去。

而我又告訴自己，往後無論遇何事，我都會與你好好商談，一
定不會突然封鎖你，
因為，我不想你去面對，我曾經歷的難過和傷害。

一直，我並沒有告訴你我內心的真正感受，
因為有時，連我自己也不能理解，

回憶，總帶著傷痛；
向前走吧！這是一個美好的學習。

我寫上開設音樂治療中心這故事，為的就是想告訴自己，
一切，都有新的可能；
縱使身邊人不支持我，不明白我，不理解我，
相知的人又突然離開我，封鎖我，
我還是可以做自己想做的事；
今天，我值得更好；明天，都是。
只要彼此願意向左走，及向右多走一步，就能交會相愛。

所謂陽光男孩，究竟有多陽光？

在他心中，究竟隱藏多少秘密？

人與人之間的相處和信任，其實應是如何？

開放式戀愛關係

Chapter Seven

I

一

　　我知道從來，我就喜愛在夕陽中等待著我最愛的人……

　　或者我最初認識 Danny 時，我想著我們總會有美好的結局，但原來一切都不可聽從人願，一切都只是我自以為罷了！

　　當感情在走著走著時，原來大家都會改變，曾經一切的美好，都再也回不來了。

　　我最初認識 Danny 時，就被他外貌吸引。他是如此俊俏可人，也樂於助人，性格溫柔善良，我很珍惜他。Danny 作為一位專業社工，總是如此陽光，他不單外表笑容滿面，同時也積極上進。我常想著，充滿陽光而又俊俏的男生，一定是很多人喜歡的了，但他並沒有選擇誰，卻選擇了我，我實在大大感恩。

　　我是一位髮型師，我的工作也很忙碌。在工作崗位上，我也常常認識不同的人。

　　但從來陽光背後，卻是另一個極端，就是陰暗。很多人用陽光的笑容掩蓋自己心裡的黑暗，原來 Danny 也是。

我和 Danny 不知不覺都交往了一年，今天我問 Danny：「我們打算甚麼時候去一個短旅行？」

怎知 Danny 回答：「近來我工作很忙，加上旅行比較浪費金錢，留在香港玩玩不好嗎？」

對我來說，香港只是一個很小的地方，我會覺得在繁忙工作以後仍然留在香港，只能去一去長洲離島，過一過澳門等，實在有點苦悶。

之前在疫情下，香港人只有 staycation，只住在一間酒店裡當作旅行，實在也是另一種苦悶。

我見 Danny 反應這麼大，也不好意思再說甚麼。又有一次我說：「後天是情人節，我們會吃一頓好的慶祝嗎？」

其實作為女生，有時我發覺我真的是太主動了！怎知 Danny 又說：「很多人衣食都不太豐足，我們不用在情人節這昂貴日子去享用晚餐，要吃就留待平日吧！」

我心中一沉，但想著，其實 Danny 也只是不想浪費金錢，節儉的性格，也是好事吧！所以我也沒有和他繼續爭拗。

其實我還是喜歡儀式感的，因為我會覺得，人生中能擁有一些儀式感會比較快樂，特別後天是情人節，也是我和 Danny 認識後的第二個情人節，我只想珍惜吧！我也不再說甚麼，因為我所說的，好像都違背了他人生的一些原則。

　　除了在生活上 Danny 和我意見不一樣，另外大家還有很多不同的想法。Danny 喜歡使用二手物品，他亦不喜歡購買衣物。他也會將家中大部份物件斷捨離，他是一個極度節約的人，然而，我只是一個普通女生，我還是有點喜歡購物。

　　就這樣，有時大家會意見不合，令雙方關係緊張，我惟有盡力去找平衡點，就是我購物時，不會與 Danny 一起。簡單來說，Danny 不會陪我購物，我也不會購買甚麼禮物送給他。

II

—

在香港當社工也是很繁忙的工作，加上要有不少專業進修，Danny 也實在很忙，有時候大家可以共聚的日子並不多。Danny 的工作常常需要幫助別人，但他卻似乎沒有很多時間幫助他自己。我們一星期，都有一兩晚可以一起吃飯。

其實最後，Danny 會不會是我人生中的另一半？我也不知道。

有一天我接到一位朋友電話，他告訴我 Danny 在外面有著其他女生。我不太相信，然後好友傳來一張照片，是 Danny 擁抱著另一女生的照片。我認得這外套，是 Danny 上星期穿著的，我肯定照片是近期拍攝，因為他的髮型還是和現在一樣。

我問朋友在哪裡拍攝，朋友告訴我只是偶然在街上見到。

看著這照片，我心停了下來，我想著感情這回事，就是這麼脆弱。Danny 之前還說聖誕節過後，我們去一個短旅行，並好好計劃未來，但想不到現在會是這樣。

　　晚上我約了 Danny 吃飯，我掩蓋不了臉上的浮躁與不安，我直接將照片給 Danny 看，並問他：「這照片中的男生，是你嗎？」

　　Danny 毫無表情地說：「是我來的，有甚麼問題嗎？這是我妹妹。」我半信半疑的問：「你有妹妹的嗎？一直沒聽你說過。」

　　Danny 沒有很好的脾氣說：「是的，我一直沒有告訴你，這都是我的私事。人與人之間不是需要所有事，都要說出來的吧！」

　　我一直以為 Danny 是一個很陽光的人，陽光的人總會將所有事都說出來吧！何況家人也不是甚麼秘密，不可以說的嗎？

　　我心中一沉，我想著，原來在 Danny 心中，家人都是秘密。我又想，是否 Danny 根本只是信口開河，他家中根本就沒有妹妹，這只是一個藉口而已。

　　我記得曾到他家吃飯，也沒見過他有妹妹。我心中突然對 Danny 充滿疑惑，所謂的陽光男孩，究竟有多陽光？在他心中，究竟隱藏多少秘密？人與人之間的相處和信任，其實又應是如何？

III

一

　　這事以後，我和 Danny 的溝通好像減少了，大家中間好像多了一層隔閡。或者 Danny 覺得我不信任他，其實我覺得是他並不信任我。如果大家是彼此信任時，有甚麼事不可以談呢？這麼小的事他也要隱瞞我的話，那往後還有甚麼其他事，是我並不知道的。

　　我在髮型屋中也認識不少客人，其中一位是 Felix。Felix 和 Danny 剛剛相反，他比較陰沉，但也比較細心。很多時他對我，總是大小事都關心著。Felix 是一位自由工作者，他喜歡做網上生意，不過 Felix 只是在我心中的一個過客，我還是繼續和 Danny 走在一起，始終 Danny 是我心中所愛。有時愛著一個人，又是很難解釋的，雖然 Danny 對我不太坦白，有時候也很大男子氣，但我就是愛著 Danny。或許他陽光般的笑容，他的一份執著，總是吸引著我。

　　人生，我總遇上很多不同男生。在髮型屋中，我又遇上一位很有才華的藝術家，他叫 Andy。Andy 比較成熟，很有音樂才華。我和他交談時，總感到一陣陣的雀躍。或許藝術家就有天生的脾氣，也有天生的氣質和吸引力。慢慢地，Andy

吸引著我。有時我們會一起晚飯，互相了解。而我和 Danny 就仍然繼續平淡的發展著，而 Felix，我亦有聯絡。

你或許會問，我身邊不是已經有 Danny 嗎？為何又會出現 Felix 和 Andy ？我只可以說，在我心中，Danny 似乎給不了我安全感，雖然我還是愛 Danny 的，但似乎這一刻，我又不是真的很愛他。當有其他男生邀約我吃飯時，我也不會拒絕。有時和其他男生這樣一來一往的發展著，我也不太抗拒。

你說我這樣，是不是對不起 Danny 呢？我也不知道，或者 Danny 在平常生活中，其實也有和不同的女生吃飯吧！

就這樣，我身邊有著 Danny，同時有著 Andy，也有著 Felix。其實我對 Danny 是一份怎樣的愛？我在騎驢找馬嗎？我在收兵嗎？其實，我是在尋找著人生最適合走下去的男生吧！

我會覺得和 Danny 是有著激情與親密，但一直我和他，卻沒有永久和認真的承諾。既然是這樣，我相信大家都有權利去尋找更好的吧！

很多人說，女生在年輕時都會收兵，總愛結交不同男生，但我只想說，在我還沒有為任何人作出任何長遠承諾以前，我有著幾個對象同時間交往，為的都是想看清楚究竟誰最適合我。

有時我會覺得，好像對不起 Danny，但 Danny 也好像沒有將所有關於他的事告訴我。如果 Danny 是全然愛我，如果 Danny 向我坦白一切，如果 Danny 與我訂下承諾，我相信我就不會如此三心兩意。

　　愛，有時候都是對等的，當你愛我，我也愛你；當你愛我很多，我也會更多愛你；但當你對我有所保留，甚至是若即若離，那我也會為自己多作打算。

　　在愛中，大家也應當公平地交往吧！其實是否 Danny 也在騎驢找馬，尋覓更好的對象？只是大家都沒有明明地說出來罷了！

IV

一

就這樣，Danny 一直都沒有和我許下任何承諾，但我也不打算放棄 Danny，因為我想著，如果我放棄了他，我又找不到其他比他更好的人選，那我怎麼辦？

同步，我也和 Felix 及 Andy 約會。他們三人，一個做網上生意，一個是藝術家，一個是社工，三位男生各有不同性格。和三位男生約會，我會很忙嗎？其實也不會，總之大家有時間就相約一起吃頓飯，交流一下近況。

然而在人前，我卻只會認 Danny 是我男朋友。若你問我哪人是我最愛，當然一定是 Danny。在我心中，一直等待著 Danny 給我名份與承諾。

今晚我和 Danny 吃著晚飯，我直接問：「Danny，我們一起走著很長的一段日子，你有沒有打算我們未來是怎麼樣的？」

作為女生，我覺得我這樣問已經是很有勇氣的了，怎知 Danny 這樣回答：「其實我們現在的狀況不是很好嗎？是否我們一定要有甚麼承諾呢？有了承諾，最終可能又是被破壞。

其實現在香港樓價這麼昂貴，我也沒有儲到很多金錢，或者讓我們多儲一點金錢後再想吧！」

　　我想著，其實這又是藉口吧！租屋居住不就可以了嗎？我知道他又是想拖著我。我直接問：「你其實除了我以外，還和有其他人交往著嗎？」

　　我總覺得 Danny 很多時候都不是最坦白。怎知 Danny 毫無表情，更直接的對我說：「我不似你，我只是和你交往著！」

　　我很震驚，難道 Danny 知道我的所有事？他知道 Felix 和 Andy 的存在嗎？我忍著自己的情緒問：「你這是甚麼意思？」

　　Danny 直接對我說：「其實這幾年，除了我以外，你一直也有和其他男生交往的，是嗎？」

　　我不知道 Danny 這樣問，是想試探我，還是他真的知道真相。我回答：「我並沒有。」

　　的確在人前人後，我認作男朋友的，真的就只有 Danny。Felix 和 Andy，我只當他們是好朋友罷了！

怎知 Danny 這次由一向平和的態度轉為憤怒,他說:「其實你和其他人交往著,我是知道的,只是我一直沒有作聲,我就是看你會不會向我坦白!其實你覺得我會願意與一個常常向我說謊,毫不坦白的人,許下甚麼承諾嗎?不過我知道,你還有喜歡我。」

Danny 拿出手機,將我和其他男生的合照放出來給我看,我更震驚,直接問:「相片是誰給你的?」

Danny 直接說:「是朋友給我的,其實我兩年前,就已經知道了。」

我問 Danny:「那你為甚麼不直接問我?你這樣是不信任我嗎?你是在背後監控我?」

Danny 說:「其實我知道,你還是愛我的,你只是和他們普通交往著。我等著你回頭的一天,我也等著你親自告訴我的一天,但你一直都沒有坦白告訴我真相。」

Danny 繼續說:「是否現世代的女生,都是這樣?」

我心裡想著,其實 Danny 自己也有著這種開放式的關係吧?他也有和其他人交往著吧!否則一個男生,怎會容讓自己

女友和其他男生交往著，而不作聲呢？我相信這只有一個原因，就是他自己也是這樣做。

如果 Danny 一早知道我的事，他為何可以一直忍耐而不作聲呢？我又想著，其實 Danny 也不是太愛我吧！一個男生若真心愛著一個女生，不可能沒有嫉妒之心。

或許當彼此的愛，去不到一個較大的深度時，大家都會抱著騎驢找馬的心態吧！大家都抱持著一種，開放式的戀愛態度吧！

其實或許，這只是見證著我不夠愛 Danny，Danny 也不是太愛我吧！從來愛，就是一份專一，總有一份獨佔性，總有一份絕對的擁有。在愛中，是完全不可能接受有其他人的存在。

或者我和 Danny 好像走在一起，互稱為男女朋友，但真實的情況，其實大家只是一種淺層式的感情交往。大家一起吃飯，傾談，去旅行，有一點肉體關係，滿足著彼此的身心靈需要。但正式來說，大家未去到一種愛得深切的地步，所以大家就用著一種開放式的情感關係。

又或者，Danny 不打算和我有永久承諾時，他也不好意思纏累著我。有時候，有些內在想法，大家都不知怎樣說清楚，又或是，大家根本就不想去說清楚吧！

V

一

　　有時候，有些事不說出來還好，說出了真相，就會傷害彼此的關係了。就這樣，我和 Danny 在這次對談以後，感覺上大家的關係轉淡了，大家心中對彼此的愛，好像慢慢減退著。

　　Danny 作為一位專業社工，他是很忙的。其實我在髮型屋工作，也同樣忙碌。在職場上，或許大家都有很多機會接觸更多的人。

　　其實作為女生，我是想安定下來，因為女生的青春並不多。有時我想，我是希望安頓自己，在我心底，我是想好好地、專一地去愛一個人，未來的生活，那人亦可以給我一點保障。但 Danny 對我而言，似乎不能讓我安頓下來，究竟，我還要繼續愛他嗎？

　　其實我現在也不是很認真地愛他了，我也試著找其他人去試試，但這樣試著試著，原來我的青春也慢慢流逝了。或者說清楚一點，Danny 在我心底，只是一個次好的選擇吧！

　　那麼如果有一天這次好的選擇，願意和我永久走在一起，我又願意接受他嗎？我也不知道，或者是我自己不好，常常想找更好的。

或者有一天，我找到更好的人，我又真的會放棄 Danny 嗎？其實我會覺得很對不起他，但我相信我會去尋找更愛、更好的選擇。

　　那麼如果有一天，Danny 放棄了我，我又會傷心和難過嗎？會的，當然會。我會傷心好一陣子，因為對 Danny，我還是有著很多的喜歡，但是我一定不會跌得一蹶不振，因為始終 Danny 不是我心中的最愛。

　　或許我內心總是有一種執著，就是我想著愛情是美好的。人生這麼長，要和一個人走上一生的路真不容易，我不想只找一個喜歡的人，我是想找一個讓我心動，讓我難忘，讓我深深愛著的人去共渡餘生。

　　雖然我知道在現實中，這是很難尋找，又或者有一天，曾經我最愛的人，在經歷時間和現實洗禮後，我對他的愛會慢慢減退，更甚者，就是那人在我心中，會由最愛，變為普通的愛，但是在我心底，我仍然是有著一種對尋找最愛的渴求吧！

VI

—

今天 Danny 認真地約我出來並告訴我：「Fanny，我們走在一起都已經三年了，其實我一直沒有為你計劃過我們未來，我實在感到很抱歉。」

我心中暗喜，我想這次 Danny 應該是向我表達承諾了。怎知他跟著說：「Fanny，不如我們先停一停吧！我覺得我和你再走下去，其實都沒有甚麼出路。」

這一刻，我心裡突然感到很難受，這一刻我發現，我是很不想失去 Danny 的，我立即問：「其實我沒有不愛你，我們努力一起走下去，好嗎？」

怎知 Danny 斬釘截鐵的說：「算了吧！我們真的要分開了，我給不了你很多的愛，我也給不了你未來的幸福和保障。我知道你心底裡要的是甚麼，未來就算我和你走在一起，我覺得你也不會真正很愛我，我們也不會有真正的幸福。我們都清醒一點吧！或許，你也不是我想要找的人。」

然後我快速地問：「那麼，誰是你想要找的人？」

Danny 眼中閃出一種不知怎麼算的眼神，我知道他並沒

有很愛我，他根本就沒有向我坦白，根本在他心中，就有很多不同的打算和秘密。Danny 慢慢地說：「我也不知道……」

那晚以後，Danny 封鎖了我所有電話通訊及社交媒體，我感到一種很大的侮辱和失落。你問我，我的難過是因為我愛 Danny 嗎？或許我還是愛他的，都三年感情了，怎會一點感覺都沒有？只是我想，或者我是因為失去一個人而難過，而並不是因為失去愛而難過。

兩者有分別嗎？有的，失去一個人，我會覺得，我失去原本屬於我的情感，我感到很大的失落，我會流著淚。但如果是失去愛，那我心中是被一刀一刀的切割下來，會流著血。

而我發覺，我並沒有流著血的感覺，但我卻有失去的痛楚，並流著淚。我知道我的難過，是因為我失去 Danny，但卻並不是因為失去一份深深的愛。

對 Danny 我還是帶有感情的，只是一直不太深愛而已。就這樣，我難過了數星期，跟著我就沒甚麼事了。

這段日子，我繼續與 Felix 及 Andy 交往著，另外我也結識了另一些男生，彼此交往著。

或許我發覺，其實連我自己也不知道自己心裡在愛著甚麼人，或者我根本從來就沒有碰上一個很愛很愛的人，所以我

一直只維持著這種開放式的戀愛態度。對 Danny 的離開，我再沒有很大的傷感，對 Felix 和 Andy，我也沒有很多的愛與感動。

走著走著，我都 30 多歲了，是否我的人生，總不能遇到一個打從心底愛著的人？其實我有時問自己，我是喜歡戀愛，還是喜歡婚姻呢？是否我一定要找一個很深愛的人，才可以一生一世地走著呢？

或者我想，如果我不是和一個很愛的人走在一起，最後就只餘一份平淡；最後就只餘一份束縛式的承諾，最後就只餘一份一生糾纏著自己的責任而已。

想著想著，我是感到害怕的；想著想著，我還是想尋覓，心底中的一份最愛……

人生有時，或許真的很難在愛中得著圓滿，或者在人生中我遇上很多不同男生，但要遇上一個我很愛的人，對我來說，暫時還沒有。

緣份，是不是沒有留給我呢？又或是，感情是要慢慢去培養？遇上愛的人，慢慢交往著，彼此付出著，是否就可以從一份一般的愛，變為一份深愛呢？是否一場深愛，是要自己先為對方付出很多的愛？

VII

一

就這樣，人生，我走到近 40 歲了，如果繼續這樣走下去，一定要尋找一個很深愛的人，或許註定我這一生，就會孤獨地走下去。

我回望人生，實在有著很多不同男生出現。若然你問我，我曾經最愛的人是誰，我會覺得仍然是 Danny。他給我最不一樣的感覺，他在我人生中，也佔據了最長的日子。

然而他封鎖我以後，我都沒有再刻意去打聽他的甚麼了，因為我覺得他很不尊重我，他也沒有太愛我。我想，他應該有了另外對象。

後來我打聽回來，真的，他不單有了其他對象，更結婚了，組織小家庭，有自己的孩子了，那我，也不再打擾他。

曾經 Danny 算是我的最愛，但卻不是我很愛很愛那種。那究竟愛和深愛，真是有分別的嗎？

或許深愛，就是一個我願意一生愛他，在我心中不能沒有他的人；普通的愛，就只是一份較深的喜歡罷了！

是否我對愛的要求太高，最終我要如此孤獨的走著？人生對愛的要求，是否可以退而求其次，不要將愛的標準，訂得那麼高？這樣我是否能夠更容易找到一位適合的對象？

或許在香港，優秀的職業女性總被稱為單身貴族，其實單身真的會高貴嗎？有時這個名稱組合，讓人以為單身與優質是畫上等號，但其實這個貴族名稱，只是在物質上演繹，其實於心靈中，我覺得單身並不很高貴。

很多時我要自己一個人去面寂寞，面對節日，面對沒有人陪伴的日子，雖然我身邊圍著不同男生，但我知道他們也不是真正在愛我。其實我心內在的感覺，一點都不好受。

在我心底，我是渴望被愛的，只是一直遇不到那一位我深愛的人，而我又不想退而求其次的去遷就，就在這種矛盾下，人生走過很多日子。有時我回想，如果當天我能夠對 Danny 好一點，我願意努力去愛他，是否今天我的人生下半場，就會不一樣？

但從來結局是沒得改寫的，Danny 現在已有家庭了，但我卻仍然是子然一身……

人生再走著，我再交往了幾位男生，他們與我的感情，也慢慢地由濃轉淡。生命中不斷有男生加入，也不斷有男生退場，逐漸地，所有男生的名字，我都開始不太記得了。

　　我想著，人生，我還有家人，我還有朋友，我還有工作，是否都算是應當滿足呢？雖然生命，好像是有點缺欠，但是我又可以再做甚麼？降低自己的要求嗎？我又好像做不到。

　　或許有一天，當我的寂寞感太大時，我就會選擇退而求其次，找一個並不是最深愛的人一起生活下去。我要去相信，愛是可以培養的；我要去相信，深愛就是從普通的愛而來的……

　　當我這樣想著時，我好像多了一份盼望，我也多了一份衝勁，好去結識不同的男生。或者在芸芸男生中，我找一個最好的去發展，好好去培養感情，或許下一個脫離單身的人，應該是我吧！

有一天當我寂寞感太大時，
或許我會選擇退而求其次，
找一個並不是最深愛的人，一起生活下去。
我要去相信，愛，是可以培養的；
我要去相信，深愛，就是從普通的愛而來。

當我選擇別人時，

其實別人也在選擇著我；

從來年紀大了，

戀愛，再不是單純的戀愛了……

Chapter Eight

偶爾，我還是會感到寂寞

I

一

　　其實，從來沒有很多人能夠體會我的寂寞。雖然表面上我好像很成功，好像在學歷上，在事業上，都有點成就。

　　在香港，高學歷的女性實有很多。香港中學會考及文憑試成績，女生很多時一點都不差，考上最高學府的更有不少。然而高學歷卻只代表能夠擁有一份優質工作，卻並不代表能夠擁有優質愛情。有時候高學歷，反而更會成為獲得愛情的羈絆。學歷不及我的男生，我不會選擇；然而學歷及我的人，又一早被相同學歷，或不同學歷的人選擇了。其實，當我在愛情路上走著走著時，我可以選擇的人根本就不多。

　　或許這是我自己自討苦吃吧！我不看重對方學歷，不就可以嗎？或許，這是我自己的驕傲吧！或許在我潛意識中，我會覺得能夠與我溝通，能夠與我分享的，都會是經驗和資歷接近的人吧！和相類近的人走在一起，我想，才會感到被了解；與學歷相近的人走在一起，才是一個同溫層吧！

　　很多時候別人問我，為何還沒有結婚，我的答案是：「我不想結婚，因為婚姻會是一個束縛……」但是你覺得我這答案是真實的嗎？其實我不是不想結婚，只是我一直找不到適合的人去結婚罷了！

是的，曾經有很多人接近過我，然而最後，我還是找不到我心底中一直渴望遇到的人。你可以聽聽我的故事嗎？

大學畢業以後，我在一間廣告公司找到一份不錯的工作，慢慢地靠著努力，我成為副主管了。在很多機遇裡，我有喜歡過別人，也有人喜歡過我，但不知怎的，最後一切的關係都再沒有了。不是他們離開我，就是有些人，我感到再走不下去，我感到他們沒有太愛我，最後是我提出分手。

然後走著走著，我從二十多歲走至三十多歲；一路走來，我發現，慢慢地，我可以選擇去喜歡的人越來越少。不少優秀男生都已經成家立室，或已經有女朋友了，我還可以再有甚麼選擇呢？

現實中不是沒有人喜歡我，然而喜歡我的人，我就是不夠喜歡他們，其實我是可以遷就一下的，但我又想，如果大家只是普通交往，問題或許不大，但如果真的打算共度一生，找著一個自己不太喜歡的人，卻又好像對不起自己。

和男生建立家庭，其實好像建立一間公司般，大家都要旗鼓相當，大家同樣都要有點實力，這樣才能一直走下去。

今天我這年紀，已經不是少年十多二十時，願意無悔的去狠狠愛一場。年輕時對有好感的人，我願意勇敢前進，希望彼此能走在一起。年輕時很多事，都不會細心考慮，談戀愛，

就只是想談戀愛。但當人大了，要想的事情多了，生活忙碌，時間也不多了，一場戀愛真的要考慮很多的事。

我會考慮他的人生，是不是有盡力？

我會考慮對方有沒有物業，我們未來可以如何生活。

我會考慮結婚以後，我的生活是否會比現在更艱難？

我會考慮他平常的生活狀況如何，是否真的適合彼此走在一起。

我會考慮他的經濟狀況，究竟是如何的。

當計算著一切以後，我才會開始發展感情，因都不想太浪費人生時間。然後不知為何，每次和男生發展沒多久，我又會發現對方缺點，跟著每段情感又是告吹了。

或許成熟的人會有很多掩飾，從來表面看來一切都很美好，但當深入交往以後，卻總會發現問題。或許其實不一定是對方有問題，其實我自己，何嘗不又有問題和缺點。

是的，當我選擇別人時，其實別人也在選擇著我；我在揀選著別人時，別人也在不停地揀選著我。從來年紀大了，戀愛再不是單純的戀愛了。其實我是在選擇著一位適合的公司合夥人。

現在對我來說，一切的愛情都變得不只是愛情了，當中還會摻雜著很多現實因素。其實有時我想，或許愛情，已是愛情與現實的結合，這或許應叫作現實式的愛。

　　不過我對自己說，要常存盼望，愛情不會是一下子就來臨，但最後總會來臨的……

II

一

本來我和一位男生交往好幾年了，但後來他卻說，他並不想結婚，他一直就這樣拖著我。我只想說，他這樣拖著不願與我結婚，只想與我同居，我還可以再說甚麼？一個女生如果這樣和一位男生一直同居著，是毫無未來，是毫無安全感的。

我感到這種交往對我來說，也是不公平，我也會一直被人閑話著，對我來說，有害而無利。如果他是愛我，他就願意給我一個名份，和我一起穩妥地走下去。

最後，我還是和他分手了，因為我不和他分手的話，就很難有其他人會願意接近我。然而和他分手以後，我卻再也沒有遇上甚麼適合的人了。

每逢假日，我都是相約朋友出來聚聚。若然你問我有沒有感到寂寞，的確我是有的。我常常告訴自己，不需要甚麼節日儀式感，也不需要理會甚麼節日慶祝，然而在我心裡，又真是這麼不介意嗎？

其實每到聖誕節、復活節、除夕、元旦這些大節日，我總會一早預約朋友慶祝，為的是想排遣寂寞感。有時星期日我

會回到教會，因為在教會裡，會多一些真誠的朋友，我們可以互相倚靠，互相安慰。

其實，有誰不渴望被愛？從來，我只是找不到適合的人選罷了！但我總相信在往後，我定會找到更好，更適合我的人，與我共渡餘生。人生總應常存盼望的，不是嗎？

III

一

今年，我和 Gary 談上一場戀愛。成年人的戀愛與交往，通常不會用上太長時間，因為在交往前，大家都已對對方認真地探索了。成年人的交往不像少年人般，在一起以後才去認識彼此，卻是在交往以前，已掌握不少雙方資料。

在成年人世界，交往需要不少心力，需要不少時間，成年人要應付繁忙工作，又要照顧家中雙親，很多時根本付不起許多交往時間。

我和 Gary 交往接近一年，我想著，這次我們應該可以真正走在一起了。然而有一天，Gary 告訴我，他不能再和我走著，我實在感到很吃驚。兜兜轉轉，這次又循環著曾經的失敗經歷？

我問 Gary：「發生甚麼事情了？」

Gary 說：「我在單親家庭長大，對婚姻我真的沒有安全感。我知道你要的是婚姻，但婚姻讓我有著恐懼。我想，我還是不能和你繼續走了，我想與你說清楚，我不想浪費你的時間。」

就這樣，對 Gary，我沒有再作挽留，因為挽留也沒有太大意思。我們繼續下去，真的沒有甚麼前途。又或是 Gary 和我所說的甚麼恐懼婚姻，都只是一個離開我的藉口。

無論如何，我對 Gary 的感情其實都只是一般。Gary 對我來說，只可算是雞肋，食之無味，棄之可惜而已。現在他自己提出離開，那一切就算了。

人生走著走著，我年歲漸長，對分手這課題，已和少年人的狂躁和巨大反應不再一樣。現在我對分手，有時只有一種淡然，傷心幾天到幾星期，就會沒事的了。或許在一開始，我已對任何人，沒有再投放很多感情了。

Gary 離開以後，我難過了兩星期，然後我就沒甚麼事了。跟著數年，我也沒有再遇上甚麼適合的人。

我在人生走著的時光裡，我可以做的，就是好好享受單身之樂。我想，我的人生，不會一直單身下去。要常存盼望嗎？要的，但其實在我心底，開始發覺，有時人生情感的事，真的不一定盡如人意。當我在選擇別人，評頭品足著別人時，別人也不是同樣帶著有色眼鏡來看我？

其實在我心中，對愛情，我開始沒抱甚麼希望，我也開始感到一點又一點的寂寞了！

等了數年，人生又多了一次機遇，這次我遇上 Ivan。

Ivan 是一間廣告公司高層，在一次飯局中我遇見了他。他失婚，帶著一個九歲孩子，其實以他這種背景，對我來說並不吸引，因為如果我和他走在一起，我就要成為後母。我其實對作為後母，真的沒有興趣。

作為一位職業女性，我的工作已經夠忙了，如要我多照顧一個孩子，感覺真是不容易。Ivan 有提過，我可以做全職家庭主婦，然而這樣，卻令我更沒安全感，這樣我不單失去收入來源，我更會失去自己。如果有一天 Ivan 放棄我，我便甚麼都沒有了。廣告這行業，一停下來就再追不上潮流了。

其實我只希望和一位正常單身的男性組織家庭，但原來尋找適合對象，卻是如此困難。我等了這麼多年，原來都沒有等到甚麼。

我思前想後，為何我身邊的朋友大部份都結婚了，都組織家庭了，為何惟獨我，總是這樣寂寞？

是我自己要求過高嗎？是我讓機會一再流失嗎？我真的不知道，我只知道，對於 Ivan，我思前想後，我還是覺得和他一起並不適合。我為何要委屈自己的感受呢？最後，我還是放棄了 Ivan。

IV

一

後來，我又結識了另一位男生 Alan，大家交往了一年，感覺很愉快，很適合彼此。這次，我以為找到最適合的人選，怎知 Alan 有一天對我說，他一家要移民，問我有否興趣同行。但我家中還有年老雙親要照顧，根本無法離開香港。最終這段感情，又告吹了。

我想著，究竟我還可以找誰與我共渡餘生呢？人心的願望，人心追求愛的初心，對我來說還未有停止；在我心底，我是不想一個人走著。

這次我遇上另一男生 Jeffrey，他對我很好，人也很溫柔，常常幫忙我的大小需要。在每次購物後，他總會幫忙我搬運物資回家。在我家中，他也會盡力幫忙維修大小缺陷和問題。

他是一位自由工作者，我想著在生活上，他是我不錯的倚靠，今年我都 35 歲了，如果我再找不到結婚對象，或許未來，我更找不到的了。

對 Jeffrey，我也盡用我的溫柔，因為我想留住他。若然你問我，我對 Jeffrey 是不是一份深愛，我只想說，或許我已過了對一個人深愛的年齡，我對 Jeffrey 只是一份愛的需要。

　　Jeffrey 比我小五歲，我小心翼翼地留意著他的情況，後來我發現，他是一直沒有積蓄，或者他會看上年紀比他大五歲的我，是因為我都有點金錢實力吧！

　　我算是有點財富，有點社會地位，是我在計算著他嗎？但這世上，有真正愛情的嗎？是我斤斤計較，還是我都想保護我自己？是的，活到現在這年紀，老實說，真的不是年輕人追求浪漫的時候了。現在一杯雪糕可以再二人分享嗎？年歲大了，雪糕更少吃，我要吃豐富和有營養價值的食物了。

　　Jeffrey 說，他最愛做小生意，因為沒有拘束，自由自在。是的，誰想辛苦工作？誰不想輕鬆自在地生活？許多時輕鬆而不固定的工作，就換來收入不穩，銀行也不肯貸款給他，所以他連基本自住的樓宇也沒有。而我努力多年，已擁有屬於自己的兩項物業。

　　我想著，究竟我真的可以和 Jeffrey 走下去嗎？感性上，他的確是一位不錯的男生：溫柔、細心、多情、願意常常陪伴著我；但理性上，現實上，似乎卻並不是。我預計到，如果我和他走在一起，他一定會住進我的物業裡，他的所謂自由工作，最終可能會是不去工作。

　　是我的想法太負面？或是我對 Jeffrey 太斤斤計較，太小心翼翼？或許是吧！但我會覺得，保護自己是應當的，如果找到一個在經濟上勢均力敵的對象，我應該會較有安全感。

一年交往後，我發覺他的工作時間真是越來越少，他常常在我上班以後，就呆在我家，我越想越覺得不對勁。最後，我還是選擇和他分手了。

　　我想，我的寂寞和單身，是自找的嗎？真的，在我的境遇中，我真的遇不上一個適合的人可以繼續交往下去。

　　這次，我終於遇上一個感覺上比較適合的住家男人，他很喜歡在家中烹調，也願意和我認真交往。但後來我發覺，他除了愛煮食外，根本就沒有其他生活情趣。他也是很吝嗇的人，完全沒有興趣去旅行和消費。他的人生，就只是留在一間屋裡買菜，煮食，然後再研究煮食，看看 youtube 等。

　　我發覺如果和他一起生活，是一點其他生活趣味都沒有。他除了愛煮食，卻不喜歡幫忙其他家務。最後我思前想後，感到他也不是可以共渡餘生的人。這次，又是我主動提出和他分手了。

　　對於追逐感情，其實我開始感到累了，我心底所存的盼望，開始越來越少了。戀愛需付出時間，付出心力，付出金錢，真的不是一件容易的事。我開始思索，究竟我人生的盼望，真是只在戀愛上嗎？人生沒有伴侶陪伴，一個人真的走不下去嗎？

V

一

　　我的人生在不知不覺中，走著很多年日。現在，我選擇和兩位親近的教會姊妹一起，合租一間市區新型三房單位，方便彼此上班，也方便大家互相照應。合租也讓居住的費用便宜了，而我也另有兩項物業收租，日子其實過得不錯。

　　當我們彼此有脆弱時，當彼此在艱難時，我們又可以互相扶持。在曾經 Covid 疫情時，我們其中兩人染疫病倒了，我們就互相扶持著，互相照顧著。人與人之間的互相倚靠，其實就是要去排遣寂寞。每到星期日回教會以後，我就返回市郊的老家探望和陪伴雙親。我的日子過得平淡而充實，也算快樂和滿足。

　　若你問我，我現在感到幸福嗎？其實還是感到的，只是當靜下來，我又會覺得在生命中有著一些缺欠，或者我現在最大的願望，就是想提早退休，然後可以更多時間住在父母家中，照顧年老的雙親。

　　有些人說，我其實是單身貴族，但我想說，人是需要互相倚靠和愛的滋潤。在日常繁忙的工作中，我的時間已經不

多，能夠有些同性朋友作支援，其實真的很不錯。單身生活，有時我又覺得並不貴族，有時會有著別人無法明白的落寞。

我青春的年日一點一滴逝去，其實在我心底，我仍然渴望愛情，我仍想有機會組織屬於自己的家庭。

今天，媽媽一個親戚從加拿大回來，她介紹一位男生給我，是一位加拿大籍男生，他回來都是想認識女友。就這樣，我又再次嘗試與男生交往，慢慢去認識他的人品。

交往過後，我發現他人品不俗，只是感覺上，他比較沉默寡言。他沒有甚麼特別的好，當然也沒有甚麼特別的壞。媽媽很認真地對我說：「我和你爸爸年紀都大了，我們很希望你能找到一位適合人選付託終生，他未來可以照顧你。我們不想你一個人在老來的時候，孤獨地生活。」

我明白母親的意思，也明白母親對我的愛，我回答說：「我會嘗試和 Kelvin 交往，其實我也不知為何，我每次遇上的男生都不適合我。」

我想著有些內心感覺，有時是很難告訴母親。到了這年紀，我已經不再容易對人動情，又或者我的財富開始增多，我也害怕認識新的男生，害怕他會打擾我的生活，一切我都不夠

膽踏前多一步。我知道未來日子，作為家中未嫁的女兒，我是需要更多照顧雙親。

有時我也有累著的時候，我也很想倚傍在一個我所愛的男生肩旁上歇一歇。其實走到今天，我可以選擇的人根本不多，優秀的男生一早就有對象，我的生活圈子不大。就這樣，日子不斷流過，連母親都擔心著我。

Kelvin 表面看似不錯，但不知為何，我就是不想和他繼續交往下去。或許從親戚介紹來的對象，就是完全沒有戀愛的感覺吧！

依然，我還是和幾位姊妹住在一起，整體來說，我還是快樂的。住屋開支沒從前那麼多，住近工作地點後，也節省不少交通開支和時間。我想著，我兩項自置物業供款滿了以後，我就可以提早退休了。我相信，這還是快樂又滿足的盼望。

雖然現在，我可以休閒喝杯咖啡的時間也不多，但想著往後我可以提早在中年退休，然後可以自由地去旅行，過著自己喜歡的生活，我還是覺得很安穩和快樂。

因為沒有家累，我又不用照顧孩子，自由時間和額外金錢還是比其他人多，只是我偶然會感到有點寂寞而已。現在和幾位姊妹住在一起，在大節日和病患中大家互相依靠，寂寞感是減少了。

或許曾經我想著的人生盼望，是有愛，有安全感，有溫暖，其實這些元素，除了男女交往以外，同性友人不也是可以提供的嗎？有血緣關係的親兄弟姊妹，不也是可以一起好好生活嗎？其實他們也可以是我生命中的盼望啊！

VI

一

照顧年紀漸大的雙親其實也不是一件容易的事，他們開始有不少毛病。我一邊工作，一邊陪著他們作大小覆診。我本想請工人照顧他們，但雙親卻不太習慣。如此，我放棄全職工作，開始著半職工作。

其實現在我的經濟條件已經不太差，我不需全職工作的入息去支持生活，就可應付生活所需。其實我打算多做數年就退下工作崗位，好好享受人生。或許我會做些讓自己快樂的事，例如假日在商場售賣自家手作，或許我會領養一隻小狗陪伴自己。

曾經我很希望找到一位伴侶，或許現在我只想提早退休，尋覓自己的人生興趣。

有時我想，究竟我的人生真是我所想的快樂嗎？說真的，我還是覺得快樂，當然當中有著一些缺欠。神說：「那人獨居不好，我要為他造一個配偶去幫助他。」

我知道，人單身其實並不是最好，只是在沒有辦法下的選擇罷了！我想，如有人願意一生陪著我走，我想會比較幸福

吧！但當我真的找不到肉身與靈魂伴侶時，在生命中，我也要學會接受。

其實現實中，偶爾我還是會感到寂寞，我想要的其實只一份最簡單的愛罷了！不過有時我想，若然我真的找到另一半，也不一定完全快樂，婚姻也還會有很多其他問題。幸福的定義，從來就沒有一定的標準答案。

今天晚上，我們三位姊妹煮了一鍋美味羊肉一起分嘗著，大家亦坦誠分享著自己心裡的話。

其實大家活到這年歲，有些事都已經不需太計較，最重要的是活好眼前的每一天，享受著生命中每一份的幸福，以及每一次的喜樂，因為很多時，快樂與幸福，也並不是必然的事。

已在眼前的平安和喜樂，我盡會珍惜……

生命中的盼望，有時不應只狹隘於男女關係，在世上，其實很多關係都可以是美好的，只要我努力嘗試和創造。

常存盼望，重新成為我生命的口號，只是現在我是盼望著生活的美好，盼望著生命中的祝福，盼望著不同關係的和諧，盼望著身心靈的平安與快樂，而不再只是盼望男女之間的愛。

我深信，曾經我的不同經歷，讓我明白了寂寞難耐，亦因如此，我學懂如何戰勝寂寞。我為自己開闊眼光與思維，利用不同方式，不同方法去排解寂寞。我想，我可能比有戀愛及婚姻的人來得幸福，因為我不用承受被遺棄的風險。如這朋友離開我，我還有另外朋友，我還有親人。我不似戀愛及婚姻中的人，只能討好一個人，其實當中風險，實在是太大了。

婚內寂寞的大有人在，婚內的遷就有時極不容易。今天，其實我並不寂寞，很多朋友陪伴著我；餘生，我信我會活得更美更好！

「要常存盼望啊！」我笑著對自己說。

幸福的定義，其實從來就沒有一定的標準答案。
有些事，都不需太計較，
最重要的是活好眼前每一天，
享受著生命中每一份幸福，以及每一次的喜樂……

其實，我不是不知道和香港人一起的困難，

不過這一刻，我真的完全明白；

遠距離的愛，其實，是有可能的嗎？

走在台北街頭，我看見了自己，
也看見了你

Chapter Nine

I

一

　　是的，我愛上了一位香港人。作為一位台灣人，或者愛
上一位香港人，實在是很複雜的一件事。

　　在大學生活中，我們總很容易遇上不同類型的人，會遇
上來自世界各地的同學；在相處中，有時候，是很難決定會
愛上誰，會不愛上誰。就這樣，在那一年，我在大學認識了
Anson；然後我知道和他，是再也不能割裂和分開的了。

　　Anson 是一位香港男生，或者在台灣人眼中，香港人與
台灣人總有不同，可能是比較世故，對金錢會比較緊張。在我
與他相處中，我卻覺得他並沒香港人那份勢利，卻多了我們台
灣人的一份溫柔。

　　每次我買奶茶時，他都會細心幫我吩咐微甜少冰，他總
知道我要的味道。在每一次做功課時，他都照顧著我，總願意
和我細細傾談；當他說著香港事情，我又感受到一種不一樣的
文化；然後我會陶醉其中。

　　其實，我從來都不希望愛上一位香港人，因為我知道，
始終台灣和香港文化是有著差異；然後另一現實問題，就是他

住香港，我住台灣，如果我們真的走在一起，未來生活又可如何？

但作為一位大學生，其實我想不到那麼遙遠的事。

Anson 就是有著一份說不出的溫柔，同時他處事也很直接了當；他對我亦很細心，他說著會做的事，他總會去做。

或許香港人總是比較急性子；我見他做很多事沒有對我說就做了；例如我想要一個鮮奶油蛋糕，他甚麼都沒說就給我買了；又有一次，我說想去泡溫泉，他二話不說就訂了酒店。

記得那次他回香港以後，給我帶來很貼心禮物，是一個鑰匙圈，上面刻著我的名字，更寫上最佳女友字眼；然後他送我一些獨有手信，就是一大堆港式即食通心粉，他說給我作早餐用。

不知不覺，四年大學生涯，就如此渡過。

我與他都有住大學宿舍，大家見面時間很多，也很愉快；就如此，我們常想著畢業以後，我們將會是甚麼樣光景？

Anson 很努力的尋找工作；在台灣尋找工作並不容易，台灣企業並不特別喜歡聘請香港人；另外和香港比較，台灣大

學畢業生的工資，只有約四萬台幣左右，或者對他來說，在香
港是不只這個價錢。

Anson 告訴我，如果他只有四萬台幣月薪，要在台灣租
屋、吃飯、交通，還要供養香港家人，根本不夠。

他在台灣沒有依靠，沒有家人，一定要自己租房居住，
開支實在太大了；他覺得沒有辦法，他說畢業後要回香港工作；
香港人工較高，另外他亦可依靠家人，繼續與家人同住，省點
租金。

其實我不是不知道和香港人一起的困難，不過這一刻，
我真的完全明白了；然而當我不去香港，遠距離的愛，其實是
有可能的嗎？

II

一

　　Anson 答應我，他會在每一長假期，都來台灣探望我。
他說：「香港長假期包括農曆新年、復活節、中秋節，以及聖
誕節等等；每一假期，我都來台灣探你。」

　　另外他說：「香港距離台灣很近，星期五晚我放工，我
又可以飛來台灣陪你；跟著我多取一兩日假，星期一或二才離
開，這樣一個月，我們都可以見上一兩次面，只是多用一點機
票錢罷了！」

　　我想著，大家工作忙碌，或者在台灣，我們都是一星期
見一次面，如果他願意這樣做，我們每一個月見一兩次面，其
實還是勉強可以。

　　其實，他有叫我到香港找工作，然而我在台灣這邊有家
人，我又是獨生女，我如何可以離開父母，到香港尋找工作
呢？何況我一個人到陌生的異地，也不是一件容易克服心理的
事。

　　香港說廣東話，我相信當中生活和找工作，都多了很多
不容易；我其實是不夠膽一個人孤身前往香港；在香港我有的，
只有 Anson。

　　始終在台灣這邊，我有朋友，我有父母，我也容易找工作；對我來說，我還是想留在台灣。

　　Anson 離開我回香港一年了，這一年其實好像過得很快，因為大家都忙於適應大學以後的生活，大家的工作也很忙碌。

　　Anson 有兌現承諾，他每一個月都盡量抽時間來台灣看我；我有時間，就飛去香港找他。

　　然後，第二年開始，他的工作是越來越忙；他在一間工程公司找到工作；他說：「因為台灣學歷不太被香港承認，所以我需要多一些進修。」他又說：「我沒有之前的空閒了。」

　　或許他希望，我能更多從台灣到香港找他，而不是他飛來台灣找我。

　　一張香港來回台灣機票，接近六千台幣，都不是一個小數目；每月如果如此開支，其實是一種負擔。

　　Anson 叫我嘗試在香港找工作，他也嘗試幫我找，但我還是沒有踏出這步的勇氣。

　　Anson 說：「我們再這樣下去，其實是很難走的。」

　　我慢慢感受到一種被放棄的味道，是的，其實他不是想放棄我，只是大家長期如此，真的要想一個徹底解決方法。

我說：「不如你來台灣工作吧！」但他說：「我也有家人在香港，我也不能捨棄香港的高薪。」

　　我和他快六年感情了，我現在 24 歲了；在我生命中，這寶貴的六年青春，我都給了 Anson；就因為他是香港人，我是台灣人，我們就不能走在一起嗎？是否只是隔著一個小小海峽，我們就不能夠繼續走下去？

III

一

　　Anson 是我的初戀，或者在大學四年，所有回憶都是美好的。

　　他常常騎著車，載我到學校外山上的 cafe 喝咖啡；每一次和他傾談，我都覺得很深刻，很浪漫；他沒有所說香港人的傲慢，反而卻是善解人意；他視野及觸覺都是開闊的。

　　在每一寒假、暑假，我們都去台東或南部遊歷；我也有跟他到過香港，但香港物價對我來說，真是很高昂。

　　大部份時間，我和他和其他同學，假期時都在台灣遊玩；他說他很喜歡台灣，他也希望能夠長期留在台灣發展。

　　不過畢業以後，他曾經所說的，和現在相距很遠。

　　其實大家都有不能放棄的事，他不能放棄香港的家人，以及香港的高收入；而我也不能放棄我一直生活長大的台灣，以及我在台灣的家人。

　　或者原來，遠距離的愛是如此殘酷；有時候在晚上，我一個人的時候，我想著，究竟這一份愛，我們可以如何走下去。

在我工作的公關公司，有一位男同事，他都對我很好；他知道我有男友在香港，他並沒有說甚麼，但每一次和他午餐，他都細心幫我點餐，也會靜靜的聽我說話。

他和女朋友剛分開了，他和我一樣，都是寂寞的人。

或許，從來真實的接觸，面對面的談話，才是最溫暖；當我望著他的時候，我好像見到了 Anson；但有時候，又好像見不到；我的感覺，總是有些混亂和模糊。

我想著，其實 Anson 在香港，是否和我一樣，都是一個寂寞的人；他身邊，會不會也有另一位女生陪著他，應該會是香港人了。

是的，是我自己做得不好！我不可以這樣懷疑 Anson。

就這樣，我和 Jack 有時候午飯談心，我覺得好像對不起 Anson；但我想說，在工作以後，我真是寂寞的；在工作以外，我真的需要一點心靈上的慰藉。

Anson 晚上是有致電給我，然而和真實面對面的傾談比

較，電話與視訊，都是有著一些分別；電話與視訊，總欠溫度和彼此專注的眼神。

其實有哪個女生不希望別人呵護？有哪個女生不喜歡有人與其擁抱談天；每當我見到別人一雙一對時，我就只有一個人，其實我真的沒法排遣我心底裡的落寞。

IV

一

今天我寫了一封電郵給 Anson，我坦白的將我近來與 Jack 的交往告訴他，因為我覺得，我需要向他交代我的心情；因為我知道再這樣下去，我會失去 Anson，我會對不起他；我亦想讓他知道，我是需要他的。我也不想瞞騙 Anson，因為我感到內心很不舒服。

我不知道坦白的後果會是如何，我只是輕輕交代了，我有和 Jack 一起午餐；我說得很清楚，我與 Jack 並沒有甚麼特別交往；我希望 Anson 能夠明白我，我希望他能夠做些事，去補救我們之間日漸疏離的關係。

我希望 Anson 會緊張我，或許我心底裡是自私的，我希望 Anson 能夠放棄香港的工作和家人，來台灣陪伴著我。

信寫完以後，在按下送出鍵時，我想了很久；我想，這封信，其實我為何要寫？或許我是想賭一次，就是 Anson 想要我，還是想要香港的工作和家人？因為其實，我已經忍耐太久了，我不可能長期這樣一個人寂寞的在台灣。

　　我常常一個人逛街，常常一個人吃飯，常常一個人看戲，常常一個人喝咖啡；我的朋友都很忙碌，根本就沒甚麼人可以特別有時間陪伴我。

　　我和 Anson 現在三個月都見不上一次面，或許在我心底，已經開始忍受不了這一種寂寞的感覺；Jack 在我生活中，其實只是一種點綴，我並沒有愛他；我相信他也未有愛我，我也只是 Jack 在寂寞時的一點慰藉罷了！

　　我寫信給 Anson 解釋，其實我心底裡，是想補救我和他之間脆弱的關係，其實我還是很愛他；若你問我，那為何我不願放棄台灣的一切到香港？或許在我心底中，我知道，我仍是自私的，或許我也是膽怯的，我不希望離開台灣，但我又愛著了一個香港人；或者我要告訴自己，可能都要來一次最後決定了。

　　我按下了傳送鍵，電子郵件送出去；我希望 Anson 能夠盡快回覆我說：「我會來台灣陪伴你。」

V

一

　　然而，我等了兩天，卻還是等不到 Anson 回覆；他居然沒有回覆我的訊息；突然我的心，不斷往下沉。

　　我想，是否我用這個方法，以為可以讓 Anson 更多明白我，逼著他來台灣生活；是否我過火了？是否我讓他厭惡我，甚至想放棄我了？

　　不會的！我和他已經有六年感情，我相信他不會這樣；有甚麼事，他一定會好好和我溝通。

　　突然間我發現，我除了認識 Anson，我完全不認識 Anson 在香港的朋友。那四年在台灣讀大學，除了 Anson，並沒有其他香港人了。我也沒有認識他的家人，我只到過香港兩次，都只是淡淡的和他家人見面；感覺他家人也不太喜歡我，或許他們會害怕因為我，而失去他們的兒子吧！

　　我和 Anson 一樣，都是家中的獨生子女；的確與家人的情與義，有時是會令人生的選擇添上困難。

　　原來當我失去和 Anson 的聯繫後，我是再找不到其他人可以詢問 Anson 近況，突然我發現，原來我和 Anson 的交往，只是透過電郵、透過通訊、透過社交媒體，就再沒有其他渠道了。

　　我看著他的社交媒體，其實近這半年來都沒有更新過，他也沒發甚麼限時動態；或者我知道，他可能真的工作很忙；我知道香港的工作比對台灣，要求是高和較繁複；不過香港工作工資會高一點。

　　這兩天，一種恐懼感籠罩著我；我不希望失去 Anson；Anson 在我心中，實在很重要。我想，是否我應該要去香港陪伴他，而不是逼他來台灣陪伴我？我感到很矛盾，內心感到很忐忑。

VI

一

　　到了第三天，我終於收到 Anson 回覆；同樣是一封不短的信；我很緊張地打開來看，然後我崩潰了。

　　Anson 這樣寫著：「不好意思，這麼遲才回覆你；我這幾天實在太忙，你給我的信，我看了以後，實在沒有時間思考和回覆；今天我終於可以坐下來，靜靜的思考，再回覆你。

　　我們認識六年了！六年不是一個短時間；或者我一直視你為我未來的結婚對象。你知道，我希望在香港能多賺一點金錢，然後未來，或者我可以過來台灣和你一起生活；又或許你願意來香港，和我一起生活。

　　我們剛大學畢業，我很想在工作上有多一點建立；我想這是我們事業的建立和鞏固期，大家都要多花一點時間，我相信你也會明白。如果我們生活在台灣，我相信我會面對很多難處；我也明白如果未來要你來香港發展，我們的難處亦不少；我想著，我們應要盡量協調。

　　但想不到，你按捺不住了！你有新對象了！如果你覺得我們要分開的話，那我也無話可說；我只想告訴你，我在香港

真的很忙，我真的沒有很多時間不斷回覆你；我更不會有時間，和其他異性交往。

一直我心只想著你，但原來你的心，卻並不是這樣想。

我看了你的信後，我心冷了一截！或者我要再思考，我們究竟應不應再一起走下去；或許從最開始，我們感情的發展就是錯的，因為我是香港人，你是台灣人。」

讀到這裡，我真的後悔了！為何我要將和 Jack 交往的實情告訴 Anson 呢？其實我真是愚蠢，真的沒有這個必要；激將法從來只有兩個效果：一是真的有用，讓 Anson 緊張我；但另一後果，就是 Anson 真的會被激怒了。

我立即打電話給 Anson，但他並沒有接聽，或者他真的忙著。我的眼淚，一滴滴的流下來。

Anoson，我一直都只愛你，Jack，只是我偶爾吃飯的對象，我對他沒有任何意思。Anson 對不起！如果我所寫的話傷害了你，我實在感到很抱歉！

我電郵了這些話給 Anson，我說：「Anson，你見字盡快回覆，對不起，我並不是這意思，我一直都很愛你。」

VII

—

或許從來，遠距離的愛，就要承受很大風險，就是大家因著異地距離，根本就很難溝通，亦很難去計劃未來。

或者我在大學最初認識 Anson，打算和他交往時，我有想過這個彼此身處異地的問題；但那時我們還是年紀小，我們想得並不透徹。或者我沒有想過，真實運作時，我們會遇上這麼多困難。

Anson 電郵回覆了我，他說：「我明白，但我這陣子真的很忙，公司有大 project 要趕 deadline，你給我一點時間先完成工作，我才與你慢慢傾談，好嗎？」

我說：「好的。」

其實我心簡直是如坐針墊，我這一句好的，是何等勉強。Anson 為何連電話也不肯回覆我？是否因著我的說話，他也受傷了？

或是他對我很不滿意，他也不想在盛怒之下致電我？他害怕說錯話，他也害怕傷害我，是嗎？其實，他是想對我好的，是嗎？或許這時候，我要做的，應該是耐心等待。

今天 Jack 約了我午飯，他說：「我見你今天面色很差，是甚麼事了？」

面對面前真實的 Jack，我終於忍不住，眼淚一滴一滴的流下來；一直我都沒有很詳細的告訴 Jack 我和 Anson 之間的事，今天我實在忍不住，我將整件事詳細地與 Jack 分享了。

Jack 聽著聽著，然後他好像若無其事的握著了我手，安慰我說：「你不要這樣，其實我明白你的感受，以及你的寂寞。」

我看著被他捉著的手，其實我想立即抽回，但我那時不知怎的，我感到一陣溫暖；是的，其實我真的不知應該如何和 Anson 走下去，而面前的 Jack 真的很好，他不只溫柔，而他更是真實，他就在我面前存在著；我不需要擔心他會在甚麼時候離開我，我不需擔心要到一個看似近，但卻很遠的地方生活；我有需要的時候，我可以找到他；其實我不用很多金錢提早退休，我要的只是現實中的一份愛，一份我現在已經很需要的愛。

那麼 Anson 呢？我不是不愛他，而是在我心底裡，確實有著一種真實被愛的需要，這是一份在肉身上真正被愛著的需要。

我的眼淚慢慢滴下來，我覺得我實在捨不得 Anson，但我真的感到很辛苦；其實此刻，我也很需要 Jack。

　　我的眼淚再不斷滴下，Jack 走來我旁邊，溫柔的捉著我手，幫我抹掉眼淚；或許這一刻，我的心確實感受到 Jack 給我的一份無比溫暖。

　　遠距離和 Anson 一起，其實我真是感到很孤單，是一份 Anson 無法想像的孤單。

VIII

一

今天，Anson 終於打電話和我傾談，我和他談了一小時；其實都是曾經說過的話，都只是重複著曾經彼此的想法。

Anson 對我說：「你可以給我一些時間嗎？你可以給我在香港奮鬥多數年嗎？我在這裡所賺取的金錢，真的比台灣多；這樣我可以帶金錢過來台灣置業，與你一起結婚；你真的不可以再忍耐多幾年嗎？我們都認識這麼多年了，你不能夠信任我嗎？其實我說過，我有時間就飛來台灣，你真的不可接受這種相處模式嗎？」

我沒有作聲，因為我知道，Anson 還是想繼續留在香港；或許我心底需要的，是一個居住在台灣的人。或許，其實變心的，不是 Anson，而是我。

我對 Anson 說：「好的，我等待你。」

然而我的心，卻不斷地向下沉，因為我感到很難過，因為我知道，他不願意為我來台灣，他也不能夠明白，我心底的悲傷和孤單；我知道他不願意為我，失卻在香港所賺取的金錢。

我難過，是因為我不想承受這份寂寞；我難過，是我想著，我為何變得這樣差勁，好像在一腳踏兩船；其實，要放棄一個深愛的人，也實在是很困難的一件事。

第二天，我主動約 Jack 出來傾談，我對他詳細講述整件事，我坦誠的對他說：「Jack，我對你其實是有好感，但是我心裡，仍然愛著 Anson。」

Jack 聽後，似乎很高興，他說：「不如我們先交往一下，好嗎？」

我點頭說：「好！但這樣，我好像對不起 Anson，但我也不想對不起自己。」

我是移情別戀嗎？我也不知道；我是一腳踏兩船嗎？我覺得並不是，因為我已經將實情告訴了 Anson，但 Anson 並沒有理會。他只是繼續留在香港，繼續他在香港的工作，並沒有認真地理會我的感受。

如此，我和 Jack 開始慢慢更多交往，有著更多傾談；而從來心的接觸，都是一發不可收拾的。

每天中午我們一起午餐，每一星期我們都有一兩天一起晚飯；慢慢的，Jack 會拖著我手四處遊逛；晚上他會擁抱著我，看著台北街頭各處獨有的風景。

今天晚上，我們去了淡水；在淡水岸邊，我們看日落景色；晚上是有點冷，Jack 擁抱著我說：「其實現在我是你的男朋友嗎？你可以告訴我知道嗎？」

真的，我覺得我自己很差，其實再這樣下去，可能我會對不起兩位男生，或是最後，兩人我都會失去。

若你問我，其實我愛誰比較多，我想說，我始終是愛 Anson；因為我和他，真的有著深厚的感情，我們一起已經六年了；但 Anson 對我來說，好像沒有未來；雖然他說有，他說他計劃好了，但他所說的未來，或許並不是我想要的未來。

或許現在，我根本不想要甚麼未來；我想要的，只是實在的溫暖，因為在這一刻，我真的感到很寂寞；Anson 最差勁的，就是一直不能明白我心中最需要的事。

當寂寞燃燒著我時，我望著面前的 Jack，他才是最真實，他才是最溫暖；他對我的愛，也是深刻的，是包容的，是滿有忍耐的；加上他是一位台灣人，他的價值觀和社會觀，似乎比較和我接近；我會覺得和一位台灣人走在一起，比較有安全感；他不會突然離開我，他又熟悉台灣文化，他可以與我一起，在台灣長久地生活下去。

同樣，他有著 Anson 的溫柔，他也願意安慰我；是的，我是需要給 Jack 一個交代，我不可以辜負他，也不可以要他如此長期為我付出，而到最後卻一無所有。

　　我告訴 Jack，可不可以給我一點時間考慮，我考慮完後會盡快回覆；我見 Jack 眼中閃過一絲悲傷，或許他會以為，今天他會聽到肯定的回覆，正式成為我的男朋友；他幽幽的說：「那好吧，我等你，我先送你回家。」

IX

一

　　今晚我根本睡不著，因為我發覺，其實我心中是很愛 Anson 的；我想著我與他最開始的交往是多麼愉快，他對我是多麼的好；難道 Anson 沒有掙扎嗎？他同樣在心中也有很多掙扎吧！難道他不愛我嗎？其實他一直都愛我，只是我沒有忍耐和克制而已。

　　想著要離開 Anson，我實在很不捨；我的眼淚，慢慢地流下來。

　　其實，我還是很愛 Anson 的，那麼 Jack 呢？我對 Jack，其實只是一份喜歡，Jack 對我來說，只是在我寂寞時的一份陪伴罷了！

　　或者 Anson，我與他已經有了親密及承諾，因為他承諾未來，會與我在台灣一起生活，他承諾會給我未來的幸福；而他的確在努力著；其實不守承諾的不是 Anson，其實是我。

　　我和 Jack 是有著激情，是有著浪漫，是有一份親密，但我和他並沒有承諾任何未來；其實我也不想和他有甚麼承諾，我發覺這一刻，我想念著的人，仍然是一直深愛著的 Anson。

我打開電腦，寫了一封簡短的信給 Anson，我說：「Anson 對不起，或者一直以來，我都沒有顧及你的需要和感受；或者我都嘗試過來香港找工作，你幾時會沒那麼忙，我訂機票過來找你，然後我再在香港找工作，好嗎？」

　　很快 Anson 就回覆我，他說：「很好呀！我最近是很忙，不過不要緊，你先過來，我先為你安頓；其實香港有很多工作適合你，你懂國語，根本可以找到很多不同類型工作，加上香港現在職位空缺很多；或者我們可以在香港開一間小店，專門售賣台灣特產或手信；有我在，你放心，我一定會在香港好好照顧你。」

　　讀到這裡，我知道 Anson 應該是很開心了；他一直都希望我能夠到香港陪伴他，但我的父母又如何呢？我想著，其實我都可常回來探望他們，香港和台灣在地域上真的不是太遠；其實能夠在香港與台灣兩邊走動，也不是完全沒有可能，而最重要的是我發現，我真的很愛 Anson，我不可以沒有他。

　　今晚我收拾行李，我以為要收拾很多東西，但我想著，其實在香港，我有 Anson，真的不用太擔心；如果留在香港真的不適應，我也有退路，就是回來台灣；其實到香港一試，並不用太害怕和擔心。

今晚，我走過台北街頭，在累與淚之中，在光與影之下，我見到了曾經的自己，也見到了最愛的 Anson。

曾經大學時 Anson 騎著摩托車與我在台北街頭一起走動，那時我們沒有很多金錢，我們只吃著一些街頭小吃，但卻有著無比快樂；是的，我會過來香港找你，我知道這份快樂會繼續延續下去；在台北街頭，有著我和你的影子；在香港街上，未來也會有。

我不知道未來我和 Anson 是否真的能夠開花結果，但是我相信只要有愛，我們總可衝破一切艱難與障礙，然後我和你，可以幸福快樂的繼續走下去。

今晚我寫了一封信給 Jack，我告訴他：「Jack，我會訂機票回香港，我會回去找 Anson。謝謝你這些日子一直陪伴著我！這些日子有甚麼讓你失望了，我實在感到很對不起。」

信寫完後，我的心情是輕省了，我更清晰知道自己愛著的人是 Anson。有時人是知道自己心底最愛是誰，人是理解自己根本最喜歡與誰共度餘生。

其實很多次我與 Jack 晚飯時，我看似望著 Jack，並望著他微笑，但我心中想著的，卻是 Anson。我好像覺得面前坐著的人，就是 Anson。

或許，我是想透過與 Jack 的交往，讓自己知道，我沒有 Anson 是否都可以，原來是不可以的。

　　若你問我，我是否利用 Jack 了，可以說是有一點，因為我知道自己一直只愛 Anson，但因受著地域困擾而已，我是不想放棄 Anson 的，我只是找 Jack 來填補空虛。但另一方面，我其實又不是利用 Jack，因地域上的不適應，因著寂寞，最初我真是想轉換男朋友，我有考慮過 Jack，但原來最後我發現，我是如此深愛 Anson。

　　我願意退一步去迎合 Anson，不是我克服了到異地生活的心理恐懼，只是我發現，我真的深愛 Anson 罷了！如此，我願意為他冒險，為他作出協調。

　　從來我知道異地戀是沒可能，人與人之間不可能長期不見對方。異地戀能開花結果，只有一方願意遷就。是的，今天我願踏出多一步，我信，愛是會有回報。

X

一

　　到了香港機場，Anson 很興奮的擁抱著我，因為他知道，我願意投入他的生活裡；我拿著少許行李，到 Anson 一早租定的酒店。

　　我知道未來在香港居住，租金會是昂貴的，香港居住環境也是狹小的，但不要緊，只要有 Anson，我就覺得很快樂。

　　他介紹他的工作給我認識，然後他也努力幫我尋找工作；很快我就已經在香港初步找到一份文職工作，然後我回台灣等候工作簽證，香港工資的確較台灣高，普通一份文職工作，已有六萬台幣了；Anson 叫我不用擔心，我發覺真的不用太擔心，雖然香港租金有點昂貴，租住一間小房子都要四萬多台幣，但如果我在香港能擁有工作，我和 Anson 的工資，扣除房務開支以後，還是有餘的。

　　就這樣，我們盼望著在香港的新生活；我希望未來，我們能夠在香港和台灣兩地置業；我深信，我和 Anson 一定會有美好的發展；我想著，如果我之前放棄了 Anson，我也沒有現在的快樂。

有時候或者很多事，都不用太恐懼，也不用太擔心與害怕；對文化差異，只要願意努力投入及嘗試，其實是可以有著美好的未來。

　　人生就是一份不斷的嘗試，有時候是需要付出多一點勇氣，更重要的就是要確定自己心中所愛，不要隨便被突然而至的感受沖昏心中真正的感覺；人總要抓緊心中真正所愛，才能對得起自己的心，也惟有這樣，才能讓一份真愛一直承傳下去。

　　今晚我和 Anson 在香港一間小店子吃著台式火鍋，我和他都滿足地笑了；我們要的其實並不多，就只是讓兩顆寂寞的心緊緊的靠近著，就好了。

　　或許有一天，我們會回歸台灣，享受在台平靜安穩的生活，香港還是太煩喧熱鬧；我相信有一天，Anson 會和我回台灣，因為我認識的他，還是喜歡台灣的人文風情；我和他四年大學生活，走遍台灣各處，他從來都喜歡台灣，一直他都想留台發展，只是現實，暫時把他帶離開了。

　　未來說不定一切會逆轉，只要我們互相遷就，我和他一定可以走的更好更遠。

人生就是一份不斷的嘗試，有時候是需要付出多一點勇氣；
更重要的就是要確定自己心中所愛，
不要隨便被一些突然而至的感受，沖昏了心中真正的感覺；
人總要抓緊心中真正所愛，才能對得起自己的心。

My Thoughts

—

我的讀後感 -I-

究竟愛，應不應該等待？
愛，應不應該遷就？

從來等待和遷就，就是看我對這份愛，對這個人，有多認
真……

現代人喜歡換人，不適合就換掉，
因為遷就很辛苦，換人成本還低。

現代認識新人何其容易，還遷就嗎？換一個就算了；
又有新鮮感，又有快感，何樂而不為？

而我覺得，在愛中，從來遷就是可以的，
但也要看看，這遷就有沒有影響我的生活，有沒有影響我的情
緒與人格，
以及，我對這人的愛有多深。

其實在愛中，要找一個適合的人去愛，有時真的比遷就容易，
但人是感情動物，很多時不是說不適合，就可以不愛；
當與對方產生了感情以後，更不是說不愛，就可以不愛；
如當中有著很深的愛，更不是說換，就可以去換上新人。

這世上，新人笑，舊人哭，是多麼平常的事；
我只願我在笑時，你也在笑；
我只願我哭時，你不要哭；
我只願我哭時，你就在，並擁抱著我；
我只願你哭時，我會抹掉你的眼淚，並告訴你，我一直都在，
希望你能勇敢追愛……

My Thoughts

—

我的讀後感 -Ⅱ-

在愛中，激情、親密與承諾，
每一項對我來說，都很重要。

異地戀，沒有親密，總觸摸不到，
其實需要看我對這份愛投入有多深；
如果去到一個點，大家已不能再互相遷就，只有曾經的激情，
再沒真正的親密，
那就算有承諾，彼此關係其實最終會斷裂。

遷就從來重要，而激情、親密、承諾這三項，也是一段關係中
不可或缺的元素。

人與人之間如長期沒有接觸，沒有親密關係，是走不下去的；
這一份愛，就算曾經有幾多激情，最後都會流走；
這一份愛，就算曾有幾大承諾，最後都只會是一份虛幻的愛。

所以如果要愛，就要創造親密，創造接觸，
否則異地戀，是走不下去的。

今天，你在嗎？
或許曾經我們有著激情，但現在卻缺少親密；
當沒有親密，我們只會越走越累，由深愛，慢慢變為不愛了。

真的，當我還在，當我還深愛和珍惜你的時候，請你也能同樣
珍惜我。

今天，你有甚麼難處嗎？
請你告訴我，讓我們一起協調和解決，好嗎？
在愛中，只要有勇氣，
請相信，任何事都可以解決。

其實，你為甚麼不能勇敢地去愛呢？

然而，你已經不在我身邊，

其實，你也有愛我，所以你也害怕失去我？

這份愛惟獨只給你，
我們一起去勇敢追尋，好嗎？

epilogue

—

這份愛惟獨只給你，
我們一起去勇敢追尋，好嗎？

是否愛過了，就是一輩子的記憶？

有些人，我愛了他以後，分開了，我很快就會把他忘記；
有些人，我愛了他以後，一起了，卻發現問題，
分開了，我也會把他忘記。

惟獨你，我愛了，相處了，更多認識以後，
雖然彼此分開了，但我對你，還是深深的愛著。

我深信，我對你愛的記憶，或許會羈絆我一輩子，
這份愛，惟獨只對你。

若你問我，這是否出於一份真愛？
我會說，這是出於一份從心底裡的愛。

你，我總給我最特別的愛；
你，總是我最獨特的念記。

如果有一天，我遇到一個比你更好的人，我會忘記你嗎？
當然不會。
但如果有一天，我遇到一個比你更愛我的人，我會忘記你嗎？
如果你不再愛我的話，或許，我就會把你忘記，
因為，我還需要被愛；
因為，我對愛與被愛，還是有所期待。

一輩子的記憶，或許，我會是給予我愛著，同時又愛我的人。

憶起每年十月，總有著秋天的涼意，
我想著曾經的美好，曾經的每一幕，
每當我閉上眼睛，我就見到你深鎖著眉頭的樣子。

曾經我看著你，坐在我面前沉思，
不知為何，我會如此的愛上了你。

每星期有一天的夕陽，是不會落下的，
因為在每星期的這一天，在我心中的夕陽，都會是永遠……

在生命中，我有不明白的時候，就是為何會突然遇上你；
在生命中，我也不能理解，為何會在不知不覺中，我愛上了你；
在生命中，我也不能解釋，為何會如此的，不能把你忘記……

你為何要如此離開我？
我又為何要如此一個人孤獨的去面對？
還是其實你也和我一樣，都是孤單的一個人？

每在晚上，我總在想，你在做著甚麼？
你是一個人，還是已經很幸福了？

你應該很幸福了，因為，你都忘記我了。
當我一個人想著，你在選擇幸福的時候，
我為何卻要選擇落寞？

其實我會問自己，為何我還要為一個不愛我的人悲傷？
是的，根本就不再值得了，
在悲傷中，我真的再找不到快樂。

不過，人卻是情感生物，
有些情感不是說放下，就可以放下。
在悲傷與放下之間，這是一個極矛盾的過程，
一份失落以後，我又再次想起了你。

愛著一個人，雖然這人已經離我而去，
但當我在學習不再愛你的時候，其實我心中，好像更多悲傷。

你不要再偷偷愛著我了！
請告訴我，你也有愛我，好嗎？
否則日子過去，時間流逝，在我不再愛你的時候，
甚麼的情都會再沒有了，
那時候，你就不要後悔了！

或許有一天，不是我不再愛你，而是我對你的心都變淡了，
因為等待的日子實在太久了！

記著，一切的愛，都要及時；
一切的情，盡當珍惜；
一切我對你的好，從來都不是必然；
當很久都得不到回應時，愛，是會有終結的一天。

請不要再拖延了！
情感的流離與掙扎，很多時候只會讓愛慢慢變淡。

請不要去賭，我還會不會繼續愛你，
我只想說，當我今天還愛著你的時候，請你回應和珍惜我。

其實，我愛了你這麼多年，你覺得這還不是一份愛嗎？
其實，我一直都沒有放棄你，為何你要如此輕易放棄我呢？

為何，你只懂偷偷看著我？
為何，你只懂偷偷愛著我？
為何，你不能夠勇敢一點呢？

這世上，很多事都可逆轉，
但曾經你對我的好，卻是不能逆轉的，都被我一一記住了。

其實，你為甚麼不能勇敢地去愛呢？
其實，你是因為害怕失去？
其實，你也有愛我，所以你也害怕失去我？

你害怕大家身分地位不相稱，你也害怕我不愛你？

所以，你總不敢去愛，是嗎？

其實，我要的，只是你對我的好，就是如此簡單罷了！
其實，你口裡在說不在乎的時候，你的心真是不在乎我嗎？

曾經，你對我的好，都是假的嗎？
我不相信。

人很多時候，都是口不對心的，
我知道，從來你都是如此在心裡在乎著我。

或許一份真愛在人心中，總有著一種感知。

我記著，曾經你對我的好；
我念著，曾經你對我的愛；
我也知道，你的逃避，都只因為你害怕失去我罷了！

其實你知道嗎？我也同樣害怕失去你。
我們都不要再逃避對方了！
你不會再有眼淚的了，因為你所有的眼淚，我都會為你抹掉。
我們一起去勇敢追愛，好嗎？
只要和你一起，我們就能邁向成功！

你知道的，我愛你，我永遠愛你……

Adelaide 愛德蕾
2024 夏 於香港

《秋日念記》

秋月無聲又來至，
指數別後幾多年？
惟你能進我懷抱，
惟你讓我淚漣漣。

花盡落兮盼相見，
願夢醒來君倚邊。
生逢未晚憶愛念，
盼待銘感永共情。

思起詩落，緣起不滅，都是真的嗎？

You are my shining star ？

or you are just an unreachable star for me ？

I prefer you are my lovely bear

that I can hug you tight forever with love.

I miss you

December 2024

國家圖書館出版品預行編目（CIP）資料

為自己 勇敢追愛這一次/Adelaide作. -- 初版.
台北市：香港商亮光文化有限公司台灣分公司 · 2025.01
面；公分 --
ISBN 978-626-98717-1-1 （平裝）

857.63   113019287

為自己 勇敢追愛這一次

作者	Adelaide
出版	香港商亮光文化有限公司 台灣分公司
	Enlighten & Fish Ltd Taiwan Branch (HK)
設計 / 製作	亮光文創有限公司
地址	台北市大安區敦化南路一段170號2樓
電話	（886）85228773
傳真	（886）85228771
電郵	info@enlightenfish.com.tw
網址	signer.com.hk
Facebook	www.facebook.com/TWenlightenfish
出版日期	二○二五年一月初版
ISBN	978-626-98717-1-1
定價	NTD$380 / HKD$118